자유여행자 박성기의 아름다운 우리길 에세이

걷는 자의 기쁨

마인드큐브Mindcube :
책은 지은이와 만든이와 읽는이가 함께 이루는 정신의 공간입니다.

걷는 자의 기쁨

자유여행자 박성기의 아름다운 우리길 에세이

Mindcube

차례

봄날, 소백과 태백 사이에서

여름은 길을 잃었다

지금 가을은 외출 중

겨울이 온통 시가 될까봐

살아있다는 것은 길 위에 서 있다는 말이다.

주변의 많은 사람들, 언뜻 보기엔 그 흔한 인간에 지나지 않은 듯

보이지만 가만히 들여다보면 나름 삶 존재의 역사가 있고 훗날,

크든 작든 자신의 역사를 남긴다.

스쳐 가는 바람을 맞으면서 걷는 길에도 역시

수많은 역사의 땀방울이 적셔져 있다.

모르면 영원히 모르는 것….

기왕에 걷는 길에 앞서 걸어간 그들(위대하든 평범하든)의

역사를 알고 함께 걷는다면 내딛는 한 걸음 한 걸음이

예사롭지 않을 것이다.

수많은 길을 직접 걷고, 사진으로 담고,

오랜 시간 먼지로 덮였던 그 길의 역사를 찾아 책으로 엮은

박성기 작가에게 경의를 표한다.

그 땀에 책이 묵직하게 느껴질 뿐이다.

알고 길 위에 설 것인가?

상관없이 길을 나설 것인가?

그것은 이제 우리의 몫이다.

2020년 4월 강석우

살아 있다는 것은 길 위에 서 있다는 말이다.
주변의 많은 사람들, 언뜻 보기에 그 흔한 길은 서로가
지쳐지 않는듯 보이지만 가만히 들여다보면
나름 삶 흔적의 역사가 있는 듯싶다.
오래 걷던 自身의 역사를 남긴다.
스쳐가는 바람을 맞으면서 걷는 길 역시
수많은 역사의 땀 방울을 적셔져 있다.
모르면 영원히 모르는 것 —
기억에 걷는 길 늘 서 걷어가는 그들 (위에서려
평범하다던)의 역사를 알면 함께 걷는다면
내딛는 한걸음 한걸음이 예사롭지 않을 것이다.
수많은 길을 직접 걷고, 사진을 담고,
언젠가는 먼지로 덮였던 그 길의 역사를 찾아
책으로 엮은 박성기 작가에게 경의를
표하라. 그 땀에 책이 묵직하게 느껴질
뿐이다.
— 앉은 길 위에 설 것인가
    낯모르는 이 길을 따 설 것인가
    그것은 이제 우리의 몫이다 —
                        2020. 4. 강석우

나에게
길이란 무엇인가?

길을 걷다 보면, 소중한 기억을 되새겨 보라는 내면의 소리가 무언의 경구처럼 다가온다.

길 위에서 만나는 사람들은 저마다의 사연을 간직하고서 어디론가 발걸음을 옮긴다.

"저들은 어디로 가는 것일까?"

혼자이거나, 때론 도반^{道伴}과 함께하며 걸었던 길이 떠오른다.

웅크렸던 생명이 푸르게 움트는 봄, 작렬하는 뜨거운 태양의 여름, 색색의 단풍이 수놓은 형형한 가을, 하얀 눈과 역고드름으로 솟아오른 신산한 겨울의 길이 주마등처럼 스친다.

내가 살아온 동안 가장 아름답고 행복한 순간은 언제일까?

오래전, 동행하던 지인에게 길을 걷는 이유를 물었다. 사실은 타인을 불러 내 자신에게 질문한 것이다. 남한강을 걷다가, 목계나루에서 신경림 선생의 시 '목계장터'를 읽고 그 답을 얻었다. 그때부터 길은 나의 동행이 되었고, 눈부신 화양연화^{花樣年華}가 되었다.

목계장터가 어떤 곳인가. 1930년대 서울-충주를 오가는 철도가 생기기 전에는, 많은 배가 북적이고 사람이 오고 가던 물류의 중심지였지만 지금은 애석하게도 옛 흔적만 남아 추억을 전할 뿐이다.

이곳을 걸으면서 나는 박가분 파는 방물장수가 되고, 떠돌이가 되었으며, 바람이 되었고, 구름이 되었다. 내 마음속으로 하나씩 변화했던 옛 모습이 살아나기 시작했다.

　목계나루에서 느낀 소중한 경험은, 그 길 위에서 살았던 선인에게
빠져드는 계기가 되었다. 길에는 먼저 살았던 선인의 삶이 고스란히
남아 있다. 과거 그들의 삶을 관조하고 오늘의 나를 반추해본다. 길
은 몇백 년 전에 살았거나, 훨씬 더 이전에 살아왔던 그들의 다양한
삶의 흔적들이 층층이 쌓여 녹아있다.

　혼자이거나 여럿이 길을 걸으며, 그 자리에 살아왔던 사람들의 삶
의 조각을 맞추고 대화한다. 그러다 어느새 이전에 살았던 선인과
동화가 된다. 그래서 길에는 이야기가 있고, 이야기꾼을 만나면 객
주처럼, 태백산맥처럼, 토지처럼 소설이 된다.

　나의 길은 툭툭 떨어져 아름다운 동백과 함께했고, 온 산 가득한
진달래와 함께했다. 때로는 그 길을 세차게 쏟아붓는 폭우와 동행하
여 덜덜 떨며 걸었고, 갯벌에 빠져 죽을 고비를 넘기며 걷기도 했다.
또한 파도가 바람에 짓쳐 육지로 달려 들어오던 장관과 정선 운탄길
에서 밤별을 보며 걷던 추억 등 하나 하나 잊을 수 없는 소중한 기억
들로 가득했다.

　길 위에는 인간의 삶이 녹아들어 있어, 마치 우리들의 인생과 닮았
다.

　길에는 좋은 길이 있고, 거친 길과 꼬부라진 길이 있으며, 쭉 뻗은
길, 언덕길과 내리막길 등 붙이면 말이 되는 수많은 길이 있다.

　우리가 만나는 길 중 어느 길을 가야 최선일 것인가?

길을 출발할 때는 아주 험로로 보여도 걷다 보면 평탄한 길을 만나거나, 반대로 출발은 좋으나 도중에 길이 너무 나빠 힘들 때도 있다. 길은 여러 모습의 얼굴로 우리에게 다가온다.

이제부터 어떤 길이 펼쳐질 것인가? 많은 기대와 소망을 갖는다. 모든 이의 길에 활짝 웃을 수 있는 희망의 여정이 다가오기를 기대해 본다.

2020년 5월
박성기

봄날,

소백과 태백 사이에서

봄날, 소백과 태백 사이에서

'사십 리'
걸음걸음마다 봄볕 구도의 길이

– 전남 해남 달마고도

바다를 만나 제 기운을
주체 못하고 하늘로 치솟은
봉우리는 숨이 가쁘다.
달을 마중한다고 해서
달마던가, 진리의 깨달음인
다르마dharma인가.
호남의 땅 끝
달마산에 '구도의 길'
달마고도達磨古道가 있다.

백두산에서 시작해 지리산으로 내려오던 백두대간의 한 줄기가 덕유산에서 서진, 호남으로 방향을 틀었다. 남도로 치닫던 호남정맥의 기세는 월출산과 두륜산을 지나 해남의 땅 끝 달마산達摩山에 이르렀다. 서쪽의 땅끝 달마산엔 '구도의 길' 달마고도達摩古道가 있다.

이 길은 오롯이 사람의 손길로 만들어진 길이다. 스님은 지게를 지고, 돌을 쪼개 알맞은 곳에 배치하는 우공이산愚公移山의 노력으로 업을 풀어냈다. 미황사美黃寺 주지인 금강 스님이 기존의 길 9㎞에 일체의 중장비를 사용하지 않고 호미와 삽, 지게만 사용해 만든 새로운 길 9㎞를 이어 17.7㎞의 길을 만들었다. 이름처럼 달을 마중하고 진리를 찾아가는 중의重義적인 달마의 길이다.

　도솔암, 화엄의 세계에서 근심걱정을 날려 보내고 삼마리에서 구불구불 가파른 산길을 오른다. 차 한 대가 겨우 지나가는 길이다. 우측은 산길을 따라 오를수록 낭떠러지의 경사가 심해 아찔하다. 달마산 불선봉(489m)은 높지 않아도 규암으로 이뤄진 봉우리와 삐죽빼죽 솟은 거친 바위들이 하늘을 향해 우뚝 서 있어 화엄의 장관을 연출하고 있다. 공룡의 등뼈처럼 굴곡진 산등성이 암석은 쉽게 다른 곳을 바라볼 수 없도록 압도적인 풍광을 자아낸다. 자연의 거친 풍광에 압도돼 한 걸음 한 걸음을 어렵게 떼다 소형차 10여 대를 댈만한 조그마한 도솔암 주차장에 이르렀다. 밀티 땅끝 바다는 사욱한 안개와 해무에 가려 선명하게 보이지 않는다. 주위를 둘러보니 기암

괴석들 천지다. 표지판은 '도솔암 0.7㎞, 미황사 4.7㎞'이다. 도솔암 가는 길엔 뾰족한 바위들이 산을 기어오르듯 잔뜩 힘을 넣고 하늘을 향해 고개를 들고 있다. 마치 거센 바람에 파도가 일어나듯 성이 나 있다.

도솔암이다. 통일신라 말 의상대사가 창건한 암자로, 이곳에서 불법을 수행정진했다고 한다. 정유재란 때 불에 타 흔적만 남았던 것을 2002년 복원한 암자로, 미황사의 열두 암자 중의 하나다. 도솔암에 서서 땅끝 남해를 바라보니 안개에 묻힌 바다가 금세라도 안개가 걷히며 모습을 드러낼 것만 같다. 발밑으로 펼쳐진 화엄華嚴의 세계에 세상의 근심걱정을 한순간 바람에 날려 보낸다. 도솔암에서 50m 아래, 암자를 받치는 큰 바위 밑에 마르지 않고 흐르는 용담龍潭이 있다. 용이 천년을 살다 하늘로 승천했다는 샘으로, 바위 틈에서 사시사철 물이 마르지 않고 샘솟고 있다. 달마고도를 걷기 위해서는 용담 아래로 내려가야 한다.

길은 가파르고 미끄럽다. 사람들이 거친 숨을 내쉬며 마주 올라오고 있다. 인사를 나누며 조금만 힘내라고 덕담을 건넨다. 도솔암에서 400m를 내려와 달마고도와 만났다. 도솔암이 달마고도에 포함되지 않고 조금 떨어져 있어서 살짝 들렀다가 고도로 들어섰다.

천년의 숲을 따라 봄을 마주하며 걷는 길

달마고도는 총 4코스 17.7㎞로 만만한 길은 아니다. 도솔암에서 출발하는 길은 달마고도 4코스 '천년의 숲을 따라 미황사 가는 길'의

일부로 미황사까지 3.7㎞가 된다. 많은 이들이 미황사 쪽에서 오는
바람에 가는 길 내내 걷는 이들을 마주한다. 대부분 미황사에서 달
마고도를 타고 도솔암까지 가는 코스를 잡은 길손들이다.

줄줄이 이어오는 걷는 이들의 모습에서 봄이 가까이 왔음을 느낀
다. 노간주나무와 삼나무 지대를 지난다. 봄에 들어섰어도 아직은
기온이 쌀쌀하다. 오후가 되면서 점점 기온이 올라 옷을 얇게 입고
온 후회를 덜 수 있었다. 동백은 아직 추운 길 위를 점점이 붉게 장식
했지만 후두둑 떨어져 서러운 것을 아직 느끼지는 못하겠다.

달마산 봉우리들은 칼끝처럼 솟아 있다. 수억 년의 신비를 간직한
규암이 오래 쏟아져 내려 독특한 너덜지대 석림石林을 만들었다. 암석
들은 거칠고 순한 제각각의 모습으로 군상群像을 이루며 많은 이야기
를 품고 있다. 손수 길을 다듬고 돌을 맞춰 깔아 길벗들이 걷기 좋게
만들어놓은 수고한 이들의 노고가 보인다.

짙고 붉은 꽃잎 흩뿌리는 동백 진 미황사를 지나며 지친 다리를 쉬
어 갈 편한 길을 바라며 걷다가 부도전과 부도암에 이르렀다. 부도

전은 여기저기 흩어져 있던 불탑을 한데 모아놓았다. 조선 중·후기 서산대사의 법맥을 이은 큰 스님들의 행적을 기록한 탑비 32기가 모셔져 있다. 스님들의 행장을 기록한 불탑에 새겨진 거북이, 두루미, 토끼 등 다양한 동물들의 문양은 이곳에서만 볼 수 있는 독특한 미감美感이다.

부도암 앞마당 축대 밑으로 미황사의 창건설화를 기록한 미황사 사적비가 있다. 화강암으로 된 사적비의 비문은 조선 숙종 때 성균관 대제학을 지낸 민암閔黯과 당대의 명필 이우가 썼다. 크고 웅대해서 예전 미황사의 크기를 미루어 짐작할 만하다.

미황사 동백은 짙고 붉은 꽃잎을 흩뜨렸다. 미황사는 두륜산 대흥사의 말사로 신라 경덕왕 때 의조義照 스님이 창건했다고 전한다. 대웅전 지붕을 넘어 펼쳐진 달마산의 솟아 있는 암봉들이 마치 부처님의 현신 같다. 미황사는 땅끝마을 토말리에 있다. 길이 끝나는 지점은 마지막이지만 다시 출발하는 새로운 시작이기도 하다. 길이 끝나는 곳에서 새 길을 기약해본다.

달이 머물다 간
자리

– 경북 상주 월류봉 둘레길

거대한 벽으로 우뚝 솟은 월류봉은 오른쪽으로 낙타 등처럼
다섯 봉우리가 연달아 잇따르고 있다.
산자락 끝 절벽에 공중에 떠 있는 듯 수려하고 아찔한
월류정月留亭이 조화롭게 놓여 있다. 굽이치는 초강천은 절벽을
휘돌아나간다.

걷는구간	월류봉광장→완정교→우매리→반야교→반야사
걷는거리	8.3km
소요시간	3시간
길의특징	월류봉에서 석천을 따라 반야사까지 가는 길
난 이 도	하

경상북도 상주서 출발한 석천石川이 황간에 와 초강천草江川과 어우러진다. 우뚝 솟은 월류봉을 휘돌아 금강으로 내달린다. 달이 머물렀다 간다고 해서 월류봉月留峰이다. 지나가던 달이 천川에 비친 모습을 보고는 너무 아름다워서 차마 넘어가지 못하고 머물러서 그리 된 것은 아닐까….

너무 아름다워 차마 지나치지 못할
월류봉과 한천정사를 지나며

입하立夏가 막 지나 한여름처럼 더웠지만 눈에 가득 차오는 경치에 마음은 시원해진다. 며칠 전만 해도 추웠는데 어느새 반 팔이다.

월류봉 맞은편 광장으로 들어섰다. 거대한 벽처럼 마주한 우뚝 솟은 월류봉은 오른쪽으로 낙타 등처럼 다섯 봉우리가 연달아 잇따르고 있다.

월류봉을 타고내린 산자락 끝 절벽에 공중에 떠 있는 듯 보기에도 아찔한 월류정月留亭이 조화롭게 놓여 있다. 굽이치는 초강천은 절벽을 휘돌아나간다.

옥천을 지나온 나그네가 추풍령을 넘기 전 달마저 쉬어 간다는 황간 월류봉 아래에서 고단한 몸을 잠시나마 달에 건주며 머물렀으리라. 첩첩한 산중을 지나 물목을 교역하던 봇짐을 진 보부상, 과객이 같은 맘으로 이곳에 들러 시름을 달랬으리라.

월류봉 광장에서 80m 지나 송시열(1607~1689) 선생의 한천정사寒泉精舍와 송우암 유허비宋尤庵 遺墟碑에 이르렀다. 송시열이 한천정사를 짓고 이곳에 자리를 잡은 것은 월류봉 일대의 경치에 반해서였다. 병자호란의 치욕이 부끄러워 잠시 이곳에 몸을 의탁했고, 산천의 아름다운 경계에 취했던 것은 세상의 부끄러움을 잠시라도 잊어버리기 위함이었던가?

당대의 시인묵객이 이곳을 많이 찾아들었다. 월류봉의 경치에 몰입하여 잠시나마 세속의 연을 잊었다. 사람들은 이곳의 경치를 냉천팔경冷泉八景이라 불렀다. 그러다 시간이 흘러 한천정사라는 원이름은 없어지고, 나중에 한천정사의 한寒과 냉冷이 뜻이 같아서 한천팔경寒泉八景으로 바꾸어 불렀다 한다.

완정교 강가 너머 봄꽃 홀씨 흘날리고

송우암 유허비를 지나 600m를 걸어 도착한 곳이 원촌교 다리 앞이다. 이곳은 경북 성주에서 내려오는 석천과 영동의 불한계곡에서 흘러온 초강천이 만나는 곳이다. 합류한 강은 월류봉을 지나 30km를 달려 금강으로 흘러간다. 오늘 길은 내려오는 강물을 거꾸로 따라 올라간다. 두 강이 합류하는 지점을 지나 원촌교 다리를 건너면서 초강천이 아닌 석천이다. 석천은 사군봉에서 내려온 산자락과 맞닿았다. 맞닿은 곳에 나무를 잇대어 데크로 길을 냈다. 강을 따라 내내 물소리를 벗 삼았다. 걷다 보니 어느새 두 번째 다리인 완정교를 지나친다.

길섶엔 민들레 홀씨가 군락을 이루며 앞 다퉈 고개를 내밀고 있다. 살살 부는 바람에도 홀씨는 이리저리 흩날린다. 한 송이 입에 대고 훅 부니 풀풀 홀씨가 날리고 이내 탐스럽던 홀씨는 바람에 다 사라지고 꽃대만 남았다. 봄의 마지막을 장식하듯 길가를 장식한 붓꽃이며 진보라의 수레국화, 지천을 노랗게 물들인 씀바귀가 길손을 반긴다. 꽃구경에 해찰하면서 걷는데 시간 가는 줄 모르겠다.

시간이 지나 점점 더워지는 햇살에 등허리에 땀이 차고 몸은 자꾸 그늘을 찾게 된다. 5월 초순인데도 벌써 여름이 온 것 같다. 메마른 대지는 비를 기다리며 아지랑이만 그리고 있다. 수량이 많지 않은 석천은 물색도 흐릿하다.

백화산 반야사의 초록빛 풍경 소리

세 번째 다리 백화교를 가로질러 간다. 백화마을을 지나 2km를 더 앞으로 나아가니 석천을 건너는 돌다리가 보인다. 강에는 물이 많지 않아 강을 건너는 쫄깃한 긴장감도 느끼지 못하고 걷는다.

반야교 앞에 이른다. 반야교를 에둘러 가는 길과 질러 가는 길 앞

봄날, 소백과 태백 사이에서

걷는 자의 기쁨

에서 멈춘다. 잠시 고민하다가 직진하여 반야사 호수로 향한다.

왜가리 한 마리가 미동도 하지 않고 호숫가에 서서 하염없이 한곳을 주시하고 있다. 미동도 없이 한참을 그렇게 서 있다. 잠깐 몸을 틀어 또 한참을 그대로다. 가까이 가 셔터를 눌러도 움직이지 않는다.

충청북도 영동군 황간과 경북 상주시 동면 경계를 이루는 백화산 계곡을 따라 상주에서 내려오는 깨끗한 석천이 태극문양으로 산허리를 감아 돌고, 안쪽 깊숙이 반반하고 편안한 곳이 반야사다.

호수를 반 바퀴 돌아 반야사에 들어선다. 절집 드는 숲길은 온통 연록으로 물들어 내 마음도 따라 초록이다. 종무소를 지나 대웅전으로 향한다. 스님의 목탁 소리와 바람에 이는 풍경 소리에 마음이 평온해진다.

반야사는 나란한 대웅전과 극락전 사이로 가운데 뒤로 조금 물러서 산신각이 서 있는 아담하고 예쁜 절이다.

대웅전 앞마당엔 수많은 연등이 각자의 염원을 담고 초파일을 기다린다. 다음 날이 부처님 오신 날이라 번잡할 만도 한데 너무도 조용하다. 경건하게 기다리는 마음들이 모여서 더 차분해진 것일까. 극락전 앞 베롱나무, 목백합나무는 천수보살의 손 마냥 가지를 뻗어 중생의 업을 짊어지고 구제하려는 듯하다.

귀 밑에 내려앉은 머리카락이 지나는 바람에 더 간지러워지고, 고요한 풍경 소리는 마음을 더 가라앉힌다.

선인善人은 마음 깊숙이 자리 잡은 집착을 버리고 깨달음을 얻는 반야의 지혜를 체득할 수 있었을까. 질 잎 산굽이를 돌아 흐르는 밝은 석천에 비친 나뭇가지에 꽃 한 송이 얹혀 있다.

월류봉 月留峯

— 홍여하(洪汝河, 1621~1678)

해 저문 빈 강에 저녁 안개 자욱하고　　　日落江空暮靄横
찬 달이 고요히 떠올라 더욱 어여쁘다　　更憐寒月靜中生
동쪽 봉우리는 삼천 길 옥처럼 서서　　　東岑玉立三千仞
맑은 달빛 잡아놓아 밤마다 밝네.　　　　留得淸輝夜夜明

600여 년 이어온
선비의 시간

– 경북 경주 양동마을

걷는구간	마을입구 →심수정 →두곡고택 →근암고택 →사호당고택 →
	서백당고택 →대성헌 →무첨당 →관가정 →향당 →마을입구
걷는거리	4km
소요시간	3~5시간
길의특징	월성 손씨와 여강 이씨의 고택들을 둘러보는 고택 역사기행
난 이 도	하

지난 시간을 바라보는 것은 매우 흥미로운 일이다.

과거로부터 이어온 마을의 역사를 수백 년 동안 지켜온 가옥을 통해 바라본다.

오랜 동안 흘러왔던 시간은 다시 후대를 위해 장구長久하게 흐른다.

오늘의 시간을 어떻게 담고 흘려보낼 것인가는 우리의 몫이다.

양동마을은 조선시대 양반마을의 전형으로, 안동 하회마을과 함께 유네스코 세계문화유산으로 등재된 유서 깊은 전통선비문화촌이다.

마을은 손소孫昭 선생이 이 마을에 들어와 정착하고, 선생의 맏따님에게 장가를 왔던 이번李蕃이 이곳에 뿌리를 내리고 살면서 시작되었다.

이후 500여 년을 두 가문이 양동마을에 안거하면서 현재까지 이어오고 있다.

양동마을, 훼손되지 않은 옛 선비촌의 정취

언젠가 스치듯 안동 하회마을을 다녀온 이후 제대로 한 번은 차분하게 자분자분 디뎌보고 싶었던 곳이 양동마을이다.

전통마을들이 과하게 상업화가 진행되어 제 모습을 잃어 갈 때, 양동마을은 그나마 훼손되지 않은 옛 마을의 모습을 간직하고 있다. 이 또한 조상에 대한 양동마을 사람들의 자부심이 없었다면, 여기도 다른 전통마을처럼 속俗되게 변했을 것이다.

본디 것을 지켜온 마을 분들께 감사한 마음을 품으며 천천히 노정路程을 시작한다.

어제는 밤새 한숨도 못 잤다. 전부터 기다렸던 것이어서 그랬는지 모르겠다. 지난 시간을 따라가는 발자취이기에 소풍 가는 아이처럼 마음이 더 두근거려서 잠을 이루지 못했나 보다.

이른 아침 양동마을은 안개가 가득하다. 안개를 헤치며 천천히 마을로 걸음을 옮긴다. 가득한 안개는 가까이 있는 집들을 아득하게 보이게 한다. 기와집과 초가집들이 어우러진 골목길을 따라 조선으로 시간여행을 시작한다. 안개는 아침 해의 재촉에 천천히 해산을 준비한다. 굴뚝에 연기를 피우며 아침을 준비하는 몇몇 집들만 분주하다.

배가 몹시 출출하다. 둘러봐도 문을 연 식당이 없다. 무작정 마음이 가는 곳에 들어가 문을 두드린다. 마음 좋게 생긴 아주머니가 곧 준비한다고 조금만 기다리란다. 얼마 지난 후 청국장 냄새가 구수한 상차림이 나오고, 나는 게 눈 감추듯 정신없이 그릇을 비웠다. 기대하지 않았던 최고의 아침 식사를 한다.

세월이 켜켜이 쌓여 이룬 고고한 양반마을

막 안개가 잦아들기 시작한 마을로 천천히 접어든다. 양동마을은 하촌, 거림, 안골, 갈구덕, 물봉골 등 다섯 골짜기를 따라 종택과 정자들이 켜켜이 쌓인 오랜 세월을 가득 품고서 고창(古蒼)하게 객을 반긴다.

형산강이 서남 방향으로 휘돌아 안아 돌고, 마을 뒤 설창산의 문장봉 산등성이기 들까지 청곡으로 뻗어 내렸다. 사유롭게 길기를 좋아하는 내 발걸음이 이끄는 대로 유유자적하며 마을을 마음에 담는다.

하촌의 심수정과 거림의 영당, 두곡 고택을 따라 오른쪽부터 시작한 시간이 9시다. 마을을 감싸 안아 자욱하던 안개가 명징한 아침볕에 자리를 내주며 서서히 물러서기 시작하자 안개를 벗은 집들이 시야에 들어온다. 옛 모습을 그대로 간직한 고택 구경에 시간 가는 줄 모른다.

양동마을은 조선시대의 삶의 형태를 그대로 간직한 마을이다. 양반과 상민이 공존하는 마을의 형태는 여느 지방의 양반집들과는 달랐다.

심수정心水亭과 두곡 고택杜谷 古宅, 근암 고택謹庵 古宅, 사호당 고택沙湖堂 古宅을 둘러보고 마을 안쪽 높은 언덕에 자리 잡은 서백당 앞에 섰다.

서백당書百堂은 양동마을의 중심으로, 손소 선생이 이곳에 입향入鄕하여 500여 년을 이어왔다. 대문을 들어서자 서백당의 현판이 눈에 들어온다. 하루에 참을 인忍 자를 백 번을 쓰며 인내를 기르라는 의미가 담겨 있다. 철저히 자신을 되돌아보고 수양하는 마음가짐을 되새겼으니 조선 선비의 정신을 오롯이 느끼게 한다.

문설주 하나에도 예스러운 삶의 흔적이 남아 있는 월성 손씨月城孫氏의 대종가이다. 몇몇 남지 않은 15세기 조선의 가옥 중 하나로 귀중한 우리 보물의 보존 가치를 새삼 되새긴다. 이곳은 조선 성리학의 기틀을 마련한 회재晦齋 이언적李彦迪의 외가로 선생이 태어나고 자란 곳이기도 하다.

마당엔 향나무가 600년 오랜 풍상을 서백당과 함께하며 우람하게 서 있다.

무첨당, 관가정, 선비의 고고한 정신이 숨 쉬는 터

과거로의 여행에 시간 가는 줄 모르겠다. 어느새 서백당을 나와 낙선당樂善堂, 경산서당景山書堂, 대성헌對聖軒을 지나 무첨당無忝堂에 닿았다.

무첨당은 물봉골에 있는 가옥으로, 회재 이언적의 아버지 이번李蕃이 처음 터를 정하고 살던 집이었다. 양동마을 가운데서도 서백당과 함께 풍수지리상으로 가장 길지로 여겨지는 터에 위치했다. 이때부터 양동마을이 월성 손씨月城孫氏와 여강 이씨驪江李氏가 양대 문벌을 이루며 계승되어 왔다. 무첨당은 별당으로 지어진 건물로 별채의 기능이 중시된 아주 세련된 풍광이 돋보이는 정자다.

무첨당을 둘러보고 관가정觀稼亭을 지나 향단에 이르렀다.

향단香壇은 물勿자 형태의 가장 앞쪽으로 남향한 줄기를 타고 자리했다. 마을에 들어서면 가장 먼저 눈에 들어오는 경사진 비탈면에 자리한 집이다. 회재晦齋 이언적李彦迪이 경상도 관찰사로 재직 중 어머니를 모시던 동생에게 지어준 집이었다. 집의 전체적인 분위기는 외부에서 보면 매우 과시적이고 화려하다. 하지만 내부를 살펴보면 답답할 만큼 폐쇄적인 구조이다.

안을 보기 위해 대문 앞에 섰으나 문이 잠겨 있다. 혹 내가 온 오늘만 잠겨 있다면 다음에 와서 다시 보련 본다. 사유지라 길손들의 드나듦이 불편한 것 때문에 그랬다면 안타까운 일이다. 이곳이 개인의

소유로 한정할 수 없는 우리의 문화재이기에 더 그러하다.

육백 년 간직해 온 미풍양속의 고장

마을길을 따라 이곳저곳 두루두루 살피며 세계문화유산에 등재된 양동마을과 함께한 귀중한 시간이었다. 마을의 중심인 송씨 종가인 서백당과 여강 이씨 대종가인 무첨당, 어머니에 대한 효심과 동생에 대한 우애가 서린 이언적 선생의 향단, 우재 손중돈 선생의 사가^{私家}인 관가정, 독락당 등 오늘 돌아본 곳들을 지난 순서로 정리해보니 마음 가득히 벅차오름을 만끽한다.

600여 년을 이어오며 소중하게 보존해온 양동마을의 높은 의식을 보았다. 서백당과 향단 등 고택들을 보면서 우리가 가꾸고 보존해야 할 귀중한 가치가 무엇인지를 생각해본다. 우리의 문화재를 정성껏 지켜서 후대에 전달하는 것이 우리의 사명임을 느끼는 여정이었다.

선운사
동백에 취하다

– 전북 고창 선운사

동백은 그저 소리 없이 툭툭 떨어진다.
떨어져서 더 아름다운 동백을 보러 선운사를 찾았다.
미당이 들었던 막걸릿집 여자의 육자배기가 들리는 듯하다.
시인이 찾던 옛 모습과는 많이 달라졌겠지만 동백은 여전히 슬퍼서 아름다웠다.

걷는구간	선운사공원주차장 →일주문 →도솔제쉼터 →도솔제 →선운사 동백숲 →선운사 →일주문 →선운사공원주차장
걷는거리	7km
소요시간	4시간
길의특징	선운사 뒤안 동백숲을 구경하는 원점 회귀 코스
난 이 도	하

선운사는 고향집 지척에 자리한 사찰이라 자주 들르는 절로 계절마다 서로 다른 색감으로 다가오는 자연을 닮은 오색色 도량이다. 봄이면 겨우내 나무 안에 잉태한 동백이 붉게 꽃피어 뚝뚝 떨어지고, 여름을 건딘 꽃무릇이 초가을 산사를 붉은 안개로 뒤덮어 그리운 이를 생각나게 한다. 그리고 가을이 절정에 이르면 색색이 물든 단풍이 계절의 덧없는 흐름을 화려하게 물들이다가 마침내 겨울의 찬란한 슬픔으로 매듭져 산사의 처연한 결실을 마무리할 준비를 한다.

동백꽃에 물든 봄 산사의 풍경

봄, 동백꽃을 즐기러 온 많은 사람들로 북적댄다. 동구는 동백은 보이지 않고 벚꽃만 가득하다. 동백을 보러 왔는데 동백은 보이지 않고 벚꽃만 보이니 도반이 걱정되어 묻는다.

"이거 미당 시처럼 동백이 아직 이른가? 왜 이렇게 안 보여."

채근대는 일행에게 동백은 선운사 뒤안에 군락을 이룬다고 다독이며 나아갔다. 동백을 볼 수 있다는 즐거운 기쁨에 발걸음도 가벼이 가뿐하게 선운사 일주문에 도달한다.

봄을 품은 햇살이 선운천에 내려앉아 연록의 푸르름이 기분을 상쾌하게 한다. 삼거리에서 왼편으로 접어들어 도솔교를 건넌다. 먼저 도솔제를 들렀다가 선운사 뒤안 동백숲으로 가기로 한다.

봄을 한가득 가슴에 품고 눈으로 새기며 숲으로 들어간다. 도솔천 선운천 졸졸 흐르는 물소리를 따라 박자를 맞춰 흥얼거린다.

도솔천 건너 선운사를 나무 사이로 비끼며 지나쳐 간다. 나들이 온

봄날, 소백과 태백 사이에서

초로의 부부가 손잡고 선운사 담장을 끼고 걷고 있다.

사람도 물도 쉬어가는 도솔천

일주문에서 도솔천을 따라 1km를 올라가면 쉼터가 있다. 사람들은 저마다 삼삼오오 자리에 앉아 음식을 나누고 담소를 즐긴다.

쉼터 앞 삼거리를 지나 500m를 더 가면 선운사의 큰 저수지인 도솔제다. 부처님이 인간세계로 내려오시기 전에 머무르는 곳이 도솔천이고 도솔제다. 도솔제는 넓고 고요한 저수지로 부처가 머무르고 계시는 듯 평안하다. 수면은 가만한 바람에 아주 엷은 파문으로 번져간다. 봄볕은 그 위를 아주 옅게 재잘거리며 수놓는다.

보름달이 도솔제 한가운데 뜨는 날 도솔의 세계가 열린 것처럼 아

름답다는 어느 분의 말씀대로 보름달이 높이 뜰 때 다시 한 번 오리
라 다짐을 하고 도솔천, 선운천을 따라 되짚어 쉼터로 내려왔다. 선
운천은 도솔제에서 내려온 물과 도솔암에서 내려온 물이 만나는 쉼
터에서 합수를 하여 선운사 앞을 흐른다. 쉼터는 내려오던 물이 섞
이는 곳이니 도솔천, 선운천 물이 쉬는 곳이고, 또한 사람이 쉬는 곳
이니 쉬기에는 여러 모로 안성맞춤인 참 좋은 자리다.

선운사 가는 길엔 세월에 검게 그을린 괴목槐木만이

　도솔제 쉼터에서 다리를 건너 우측으로 선운사로 향한다. 좌측은
도솔암과 참당암으로 가는 길이지만 오늘은 동백을 보기로 했기에
그냥 지나친다. 도솔천은 졸졸졸 맑은 물소리를 내며 내 발걸음을
따라온다. 온통 검은색의 돌 위로 흐르는 물색이 시커멓게 보인다.

아주 오랜 동안 참나무와 떡갈나무의 열매와 낙엽 등에 포함된 타닌 성분이 바닥에 침착되어 그렇게 보이는 것이다.

도솔천 물가엔 수백 년은 되었을 괴목^{怪木}들이 뿌리를 땅에 박고서 세월의 위용을 드러낸다. 푸르른 나뭇잎과 검은색의 나무는 물에 비치며 또 다른 모습으로 투영된다.

어릴 적 소풍길에 이곳 도솔천에 발을 담그고 놀았던 기억이 떠오른다. 그때는 4학년 이상 고학년이었을 때만 이곳을 올 수 있었다.

아득한 전설처럼 들려오는 친구들 목소리….

도솔천을 따라 내려오다 선운사 끝 담벼락에서 좌측 산을 타고 오른다. 때마침 동백꽃이 선운사 뒤안을 지붕인 양 가득히 덮었다. 전에는 선운사 동백은 뒤안 팬스로 가로막힌 동백숲만 보는 줄 알고 실망했었다.

"이럴 거면 무슨 선운사 동백을 보러 오라고 해…."

그러면서 그동안 선운사 동백을 보러 않고 애먼 곳 동백만 찾아다녔다. 그러다 작년 상사화를 보러 선운사 뒤를 지나는 길에 경내에

가득한 동백을 보고는 가슴이 뛰었다. 지금껏 보지 못했던 삼천 여 그루의 동백숲이 내 눈 안으로 들어왔다. 그때 비로소 후두둑 떨어지는 동백을 보러 오리라던 선운사 동백을 이렇게 찾은 것이다.

어느 시인은 동백이 떨어지는 것을 보고서 백제가 느닷없이 멸망하듯 후두둑 떨어져 버린다고 했다. 툭툭 떨어진 붉은 꽃몽우리는 하나씩 내 가슴에 와 박혔다. 아주 진하고 붉게 박혔다. 사방으로 꽃을 내보낸 동백나무는 여전히 짙푸르고, 꽃을 가득 품고 있다. 그렇게 한 달을 가까이 피고지고 하는 동백이다.

향수의 시인 정지용은 동백에 대해 "같이 푸르러도 소나무의 푸른빛은 어쩐지 노년^{老年}의 푸른빛이겠는데 동백나무는 고목일지라도 항시 청춘의 녹색"이라 예찬했다.

붉은 안개처럼 가득한 동백숲을 돌아 나와 선운사로 들어선다. 만세전을 지나 대웅전 뒤안 우거진 동백이 나무가 부러질 듯 가득하다. 뒤안은 붉음이 너무 짙어서 붉게 진저리를 앓는다. 내 얼굴도 온

통 홍시로 익는다.

다시는 울지 말자며 눈물을 감추다가 동백꽃 붉게 터지는 선운사 뒤안에 가서 엉엉 울었다는 시인의 감성이 툭툭 내 가슴에 박혀와 맥없이 몰려오는 감흥을 주체할 수 없다.

수없이 다녔던 선운사였지만 이번 동백꽃 여행은 내게 또 다른 새로운 기쁨을 주었다.

눈이 부시게 푸르른 날 초록이 지쳐 단풍 드는 가을에 다시 찾아야겠다.

홍 춘紅椿

— 정지용

춘椿나무 꽃 피뱉은 듯 붉게 타고
더딘 봄날 반은 기울어
물방아 시름없이 돌아간다.

어린아이들 제춤에 뜻없는 노래를 부르고
솜병아리 양지쪽에 모이를 가리고 있다.

아지랑이 졸음조는 마을길에 고달퍼
아름아름 알어질 일도 몰라서
여윈 볼만 만지고 돌아 오노니.

홍 춘紅椿: 붉은 동백꽃을 의미.

물과 섬 사이
쓸쓸한 포구의 흔적

– 경기 김포 대명항 ~ 문수산성 남문

부래도는 염하를 따라 흘러들어왔다고 해서 부래도浮來島다.
강을 가득 채우고 넘실대던 물은
어느새 많이 빠져 갯벌의 민낯을 드러냈다.
부래도 오른쪽엔 갈대를 가득 품어 바다보다 높아진
갯벌이 작은 섬처럼 보인다.

대명항에서 시작해 문수산성까지, 김포와 강화 사이의 길고 좁은 염하강鹽河江을 따라 14.5km의 철책길이 이어진다. 좁은 물길 모양이 강처럼 보여 염하강이라 부르지만 사실은 해협이다. 이곳은 조수간만의 차가 크고 물살이 거세 예로부터 군사적 요충지였다. 고려가 왕도를 강화로 옮겨 39년간 몽고에 저항할 수 있었던 것도 세찬 염하강 물살 덕분이었다.

대명포구에 들어선다. 지레 겁먹어 겹겹이 싸매고 나섰지만 막상 길 걷기엔 제격인 서늘한 날씨이다. 포구는 손님을 맞이하려는 준비로 분주하다. 조금 있으면 사람들로 북적일 포구의 오전은 한갓진 포만감으로 평화롭다. 대명항 함상공원의 커다란 퇴역한 군함 한척이 오가는 이들을 반긴다.

염하강 길로 들어선다. 강은 북한 땅이 지척이라 바다로 트여야 할 길은 모두 철책이 가로막았다. 철책 너머로 보이는 염하강에는 이따금 갈매기가 날아올라 포구임을 알겠다. 강따라 이어진 뻘 가장자리

로 강물이 찰랑거린다. 하얀 염분자국이 남아 있는 것으로 보아 밀물이었다가 서서히 빠지는 중인 모양이다.

전쟁의 시대를 지나 평화의 시대에도 유장하게 흐르는 강물처럼 덕포진德浦鎭이 자리하고 있다. 덕포진은 강화만을 지나 서울로 통하는 길목에, 물살이 빠르고 소용돌이가 심한 손돌목의 지형을 이용해 설치한 진이었다. 바다를 사이에 두고 마주한 강화도 덕진진, 광성보와 진형을 짜 적을 막아내던 요새였다.

병인양요丙寅洋擾에는 프랑스, 신미양요辛未洋擾에는 미국 함대와 격렬하게 싸우던 곳이었다. 포의 장약을 터트릴 불씨를 모아놓던 돈대와 포대의 중심지 파수장터가 눈길을 끈다. 치열한 싸움 중에 군건히 자리를 지키며 지휘하던 용감한 장수의 모습이 그려진다.

대명항에서 시작된 철책은 문수산성으로 이어진다. 이곳은 삼국 시대부터 잦은 외적의 침략으로 한시도 바람 잘 날 없던 긴장된 곳이었다. 또한 남과 북이 첨예하게 대립하는 곳으로 지금은 지정된 시

봄날, 소백과 태백 사이에서

간에는 자유롭게 드나들 수 있지만, 불과 얼마 전까지 들어가 볼 수 없었던 군사지역이었다. 여전히 촘촘히 세워진 철책으로 우리의 현실을 돌아보게 한다. 답답한 철조망이 활짝 걷히고 자유로운 시선으로 염하강을 바라볼 날을 기대한다.

덕포진 북쪽 손돌묘에서 걸음을 멈췄다. 손돌묘는 염하강을 밀고 들어가 손돌목 거센 물살을 내려다보는 자리에 있다. 고려 고종 때 몽고군을 피해 강화로 파천하는 왕을 안전하게 건너도록 도와주던 뱃사공 '손돌'을 기리는 묘다. 왕이 손돌을 믿지 못해 첩자라 여겨 죽이자 광풍이 몰아쳤고 그제야 왕이 잘못을 뉘우쳤다. 그 뒤로 이 바닷길을 손돌목이라 불렀다 한다.

부래도, 갯벌의 민낯이 쓸쓸한 정취를 남기고 손돌묘를 지나 1km 남짓 걸어 눈앞에 보이는 작은 무인도가 부래도浮來島이다. 부래도는 염하를 따라 떠서[浮] 흘러들어온[来] 섬[島]이라고 부래도. 섬에는 성터의 흔적이 남아 있다 하니 이곳이 군사적으로 중요한 곳이었음을 알려준다. 강을 가득 채우고 넘실대던 물은 어느새 많이 빠져 갯벌의 민낯을 드러낸다. 부래도 오른쪽은 강보다 높아진 갯벌에 갈대를 가득 품어 작은 섬처럼 보인다.

신안리, 솜마리를 거쳐 쇄암리碎岩里에 이른다. 쇄암리는 '부서지는 바위'란 말뜻 그대로 염하강 수로와 접한 해안 암벽이 잘 부스러져 붙은 이름이다. 원래 이름이 바삭바위, 바석바위라 하니 이름 그대로 얼마나 잘 부숴졌을지 짐작이 간다.

할머니표 신김치에 탁배기 한잔으로 강나루의 추억을 삼키고 아름다운 염하강 풍경은 끊임없이 이어진 철책에 갇혀 자꾸 탈출을 꿈꾸게 한다. 염하강을 따라 흐르는 바닷물은 너무 빠르게 휘돌아 보는 이마저 무섭다. 강화가 40년 동안 고려 왕실을 품은 것도 사나운 바닷길 때문이었다. 바다에 인접한 들쑥날쑥한 산길을 걷는다. 그렇게 터벅터벅 10km를 걸어 원머루나루에 도착했다.

원머루나루에는 추억이 하나 있다. 십여 년 전 여름, 염하강 길을 걷다가 구세주처럼 만난 조그마한 가게가 있었다. 인심 좋은 할머니가 탁배기 한잔을 마시는 데도 김치 등을 잔뜩 내와 맛있게 먹었던 기억이 있다. 반가운 마음에 다시 찾아보니 여전히 그 자리에서 장사를 하고 계신다. 예전처럼 김치를 한 포기 듬뿍 내와 맛있게 먹고 자리에서 일어섰다. 내 머리에 흰 머리카락이 늘어난 만큼 세월은 할머니의 얼굴에 주름을 더 깊게 해서 마음이 짠하다. 나루와 포구

가 감춘 평화롭던 옛날을 그리워하며 김포CC를 지나 3km가 넘는 도로구간을 지났다. 왼쪽으로는 염하강 철책이 이어지고 오른쪽엔 넓은 김포평야가 자리한다. 멀리 문수산성의 남문이 보이니 괜스레 마음이 급해진다.

길게 이어지던 도로가 끝나고 강화대교를 지나 길의 끝인 문수산성에 도착했다. 문수산성은 조선 숙종 때 만들어졌으며, 산성 안 문수사라는 절에서 이름이 유래했다.

새로 복원된 성루에 올라 멀리 강화 쪽 갑곶돈대를 바라보면서 강화 해협을 지키던 병사들의 모습을 돌이켜본다.

성동나루, 대명나루, 덕포나루, 바삭바위나루, 원머루나루 등 많은 포구와 나루가 철책도 걷히고 제 모습의 원형을 복구해 평화로운 시절의 옛 모습을 보여주었으면 좋으련만…. 남과 북의 대치가 끝나면 옛 모습을 간직한 나루터가 되살아날까.

섬

— 김기림

흰 모래 불에 담긴
살진 바다의 푸른 가슴에
얽매인 섬 두어 개.

서편으로 기우려져
산맥山脈에의 의지를 드디어 버리지 못하는
향수鄕愁의 화석
두어 개.

나라가 먼 사공沙工들이 배를 끌고
때때로 쌓인 한숨을 버리러옵니다.

강따라 휘영청 늘어선
봄의 절창을 찾아서

– 충북 영동 양산 8경 둘레길

강은 실바람에 이는 작은 파문이 해질 무렵 석양에 반사되며 조화를 부리기 시작한다.
수면은 황금빛이었다가 짙은 붉은 빛으로 변하기를 반복한다.
붉은 해는 서쪽으로 넘어가며 작은 물주름에 색색의 수를 놓기가 바쁘다.
그래서 이 강을 금강錦江, 또는 비단강이라 부른다.

걷는구간	대송호관광지 →6경여의정 →봉곡교 →2경강선대 →5경함벽정 → 봉양정 →비봉산전망대 →4경봉황대 →수두교 →쉼터 →송호관광지
걷는거리	6km
소요시간	3시간
길의특징	금강을 곁에 두고 송호리로 돌아오는 아름다운 산책길
난 이 도	중하

전라북도 장수군 수분리 뜬붕샘에서 시작한 금강은 충청북도 영동군의 양산으로 들어서면서 양강陽江이 된다. 여의정과 강선대, 함벽정 등 소백산맥 자락과 금강이 어우러진 절경 여덟 곳을 '양산 팔경'이라 부른다. 양강은 도도히 흐르는 금강의 상류로 강물이 특히 맑고 주변의 경치가 아름답다. 이곳은 예로부터 교통의 요충지로 신라와 백제가 이곳을 차지하기 위해 치열한 전쟁을 벌였으며 밤낮으로 주인이 바뀌는 치열한 전장터였다. 그로 인한 양산가陽山歌가 유래한 곳이기도 하다.

솔 향 가득한 소나무 숲엔 푸른 봄이 완연하다

송호松湖의 송림松林에 들어섰다. 수백 년이 된 아름드리 소나무가 하늘을 덮는 지붕을 만들었다. 이 송림은 연안부사를 지낸 박응종이 벼슬길을 내려놓고 이곳으로 들어오게 만든 숲이다. 아름다운 양강의 경치에 취한 그는 이곳에 은거하며 해송의 종자를 뿌리고 주변을 가꾸면서 송림이 시작되었다.

시원한 소나무의 그늘과 솔 향이 가득한 송림松林을 지나 강 둑 앞으로 간다. 도도히 흐르는 금강을 두고 강선대降仙臺와 마주한 6경인 여의정如意亭이 우뚝 서서 객을 반긴다. 여의정은 본디 언제나 변하지 않는 청청한 소나무의 푸르름처럼 지조를 바꾸지 않겠다는, 박은종이 만든 만취당晩翠堂이 있던 자리였으나 유실되고, 후손에 의해 새로 만들어지면서 여의정이 된 깃이다.

여의정을 100m를 지나며, 강 가운데를 바라보니 홀로 우람한 바위

가 솟아 있다. 건너편 강선대에 선녀가 내려와 목욕을 하자, 승천하려던 용이 그 자태에 반해 승천하지 못하고 그 자리에서 굳어버려 8경 용암龍巖이 되었다는 전설이다. 예나 지금이나 미인에 약한 것이 숙명인가. 승천하던 용까지도 이렇듯 미인에 약하구나 하는 생각에 웃음이 새어나왔다.

양강은 하염없이 강선대, 함벽정을 부딪쳐 흐르고

용암에서 300m를 지나 봉곡교 앞에 이른다. 다리 건너편 봉곡리는 2경 강선대降仙臺가 정자를 머리에 이고 있다. 강은 전라도 장수에서 수 백리 달려 충청도 땅 양산 강선대 앞에 이르러 하염없이 절벽 아랫벽을 두드리다 물결치며 아래로 흘러간다.

다리를 건너 강선대 앞에 이른다. 한참 공사 중이어서 오르지는 못하고 먼발치로 바라만 본다. 우뚝 솟은 커다란 소나무는 강선대 꼭대기 정자와 어우러져 여유롭다.

강물에 비친 석대와 소나무의 경치에 반한 선녀가 하늘에서 내려와 목욕을 하고 오른다는 강선대이다.

강선대에서 함벽정 가는 길은 숲을 타고 걷는 편안한 산길이다. 하늘을 덮은 숲은 그늘을 만들어주고, 흐르던 땀은 솔솔 불어오는 바람과 함께 날아가 버린다. 곳곳에 가득한 애기똥풀과 양지꽃이 흐드러져 봄이 완연함을 알겠다. 숲길을 나와 강과 나란히 걷는다.

산길과 강을 들락거리다보니 어느새 함벽정이다.

5경 '함벽정涵碧亭'은 선비들이 모여 시를 지어 읊고 세상의 이치를 논하며 놀던 곳이다. 봄버들은 강으로 고개를 드리워 대화라도 하는 듯 바람에 흔들거린다.

강 언덕 함벽정에는 시를 읊는 낭랑한 목소리가 들리는 듯하고, 뒤안 우거진 대밭은 작은 바람에도 몸을 비벼댄다. 한동안 대숲 소리에 빠져 깊이 침잠했다가 자리를 털고 일어난다.

실개천 건너 강변을 따라 붉은 봄의 절창을 지나다

함벽정에서 300m를 지나 봉양정에 도착했다. 양산 8경에는 속하지 않았으나 경치가 그 못지않은 곳이다. 새들이 아침볕에 와서 울게 된다고 봉양정이란 이름이 붙여졌다. 이명주와 13인의 벗들이 지었는데, 유실되었던 것을 나중에 그 자리에 중건한 정자이다. 함벽정과는 많이 닮아 있어 본떠서 만들었던 듯 싶다. 위치상 함벽정보다 높은 위치라서 도도히 흐르는 양강을 조망하기에 아주 좋다.

이어진 길은 강을 바라보고 산길을 걷는 데크이다. 듬성듬성 숲 사이로 보이는 강에는 물에 들어가 낚시를 하는 루어낚시를 즐기는 사람들을 간간히 본다.

강가로 내려왔다. 뒤로 멀리 보이는 마을 앞 복숭아밭은 온통 붉은 도화의 물결이다.

마을에서 내려오는 실개천을 건너 강변을 따라 걷다 도달한 곳이 4경 봉황대다.

봉황대는 만들어진 지는 얼마 되지 않았으나 양강의 뛰어난 경치를 바라보기엔 이보다 더한 곳이 없다. 이곳의 마을에는 포도농장이 많아 포도가 익는 계절이라면 포도 한 송이 얻어먹을 만도 한데 아쉽다.

봉황대에서 내려와 세월교, 수두교를 지나 비단강을 건넜다. 이 다리는 영화 〈지금 만나러 갑니다〉에서 소지섭과 손예진이 자전거를 타고 건넜던 다리이다. 세월교를 따라 금강을 건너는 동안 자꾸 그들의 모습이 오버랩 되면서, 내가 그 둘과 같이 다리를 건너는 상상을 해본다.

송호 송림으로 돌아오는 길에는 아직 떠나지 못한 겨울철새 대백로 한 마리가 물에 놀면서 가까이 다가가는 데도 놀라지 않는다. 그

러다가 인기척에 놀라 멋진 모습으로 유영을 하며 나그네의 앞을 휘돈다. 멋진 모습에 잠시 한눈을 팔다가 다시 둑 위를 걷기 시작한다. 둑길은 조팝나무 꽃들이 군락을 이뤄 온통 하얀 꽃대궐을 이뤄 보기만 해도 배가 부르다.

제1경인 천태산 영국사와 제7경인 자풍서당은 거리상 들르지 못했다. 나중 다시 시간을 내어 두 곳을 마저 들르기로 하고 동악東岳 이안눌李安訥의 강선대降仙臺로 길을 맺는다.

강선대降仙臺
— 이안눌(李安訥, 1571~1637)

하늘 신선이 이대에 내렸음을 들었나니
옥피리가 자줏빛 구름을 몰아오더라
아름다운 수레 이미 가 찾을 길 바이 없는데
오직 양쪽 강 언덕에 핀 복사꽃만 보노라
백척간두에 높은 대 하나 있고
비 갠 모래 눈과 같고 물은 이끼 같구나
물가에 꽃은 지고 밤바람도 저무는데
멀리 신선을 찾아 달밤에 노래를 듣노라.

강인한 생명으로 우뚝 선
자연의 비경 울릉도

– 경북 울릉도

붉은 해가 해협을 붉게 물들이며 불덩이를 내밀기 시작한다.
만 가지 생각이 한 순간 사라지며 온몸에 전율이 흐른다.
동쪽 끝 독도 쪽에서 떠오르는 해맞이에 나도 모르게 비장해진다.
벅차오는 가슴을 열어 제치고 맘껏 소리라도 지르고 싶다.

걷는 자의 기쁨

첫째 날 : 천신만고, 울릉도 입도하다

새벽 3시 반, 칠흑 같은 밤 미명조차 보이지 않는 꼭두새벽에 집을 나서 안목항에 도착했다. 아침 찬 공기는 가벼운 옷차림의 나를 시샘한다.

바람이 세서 8시에 뜨기로 한 배가 출항을 못하고 하염없이 기다린다. 가까운 바다는 고요해도 먼 바다의 바닷바람은 종잡을 수 없다. 작년 바람이 심해 울릉도에 들어가지 못했던 기억이 떠오른다. 이번에는 들어가야 하는데 자꾸 뒤로 지체되니, 작년의 기억이 엄습해온다.

오후 1시가 되어서야 배는 겨우 울릉도로 향해 출항한다. 성난 바다는 2m가 넘는 파도로 앞길을 막아선다. 거센 파도에 배는 롤러코스터를 타듯 심하게 롤링을 한다. 바다의 온갖 어려움을 뚫고 시스타5호는 겨우겨우 정진을 하고 있다. 이렇듯 들어가기 힘들어서 울렁울렁 울릉도인 모양이다.

평소 2시간 30분의 거리를 3시간 30분이 걸려 저동항에 도착했다. 울릉도가 험난한 여정을 견딘 길손을 격하게 반긴다. 극적 반전을 보여주기 위해 완강히 섬 진입을 거부했던 걸까. 투명하리만치 맑게 갠 울릉도가 감격스럽다.

사나운 요동에 배를 타고 온 사람들의 얼굴이 하얗게 질려 있다. 마중 나온 펜션 여사장은 연신 "어떻게 죽지 않고 왔냐"고 우스갯소리를 한다. "니무 바람이 심해 못 들어오는 술 알았노라"고 장광설을 늘어놓는다. 조용한 울릉도는 우리를 맞이하며 서서히 들썩일 준비

걷는 자의 기쁨

를 하고 있다. 저동항 어시장에는 벌써부터 삼삼오오 사람들이 모여들고 있다. 오후 다섯 시다. 행장을 정리하고 저동의 촛대봉 야경을 보는 것으로 첫날을 시작했다.

둘째 날 : 울릉의 비밀을 훔쳐보다

내수전 전망대에 올라 일출을 보기 위해 어두운 새벽에 길을 나선다. 본디 내수전이란 이름은 김내수란 이의 밭이란 데서 유래되었다. 일출을 보기 위해 새벽부터 서둘렀다. 5시 20분에 뜨는 일출을 보기 위해 산길 4km를 뛰다시피 걸었다.

거친 숨을 몰아쉬며 내수전 전망대에 다다르니 막 일출이다. 아침 해는 해협을 붉게 물들이며 불덩이를 내밀기 시작한다. 만 가지 생각이 한순간에 사라지며 온몸에 전율이 흐른다. 붉은 해는 긴 혀를 내밀 듯 바다에 주단을 깔았다. 동쪽 독도 방향에서 떠오르는 해맞이는 비장하다. 벅차오는 가슴으로 "나 여기 이제야 왔노라…" 외친다.

내수전 전망대에서 석포로 향하는 와들메 옛길로 접어든다. 사람들은 예상치 못한 곳에서 주체 못할 감격에 차오른다. 길을 걷는 내내 설명할 수 없이 벅차다.

가득한 원시림은 아름다운 자연을 변주해내고 있다. 지저귀는 새 흰 머리에도 기쁘다. 심피나무너 심난풍나무, 섬고로쇠나부, 마가목 등 군락을 이뤄 객을 반긴다. 아름드리 큰 나무는 뿌리를 사방으로

다 드러내고도 강인한 생명력으로 우뚝하다.

한 구비 돌면 또 한 구비 슬며시 제 모습을 드러내는 새로운 길은 멋진 신세계로 나를 인도한다.

한동안 시간 가는 줄 모르고 길 안의 풍광에 취해 어떻게 걸었는지 모르게 감탄과 감성의 메아리로 소용돌이쳤다.

석포로 나와 관음도를 뒤로하고 천부와 현포를 지나 태하에 들어섰다.

태하에는 한국의 10대 비경이라는 대풍감과 황토를 채취했던 황토굴이 있다. 대풍감 입구의 모노레일은 손님맞이를 위해 작동을 멈추고 단장을 하고 있다. 모노레일 옆길로 가파르게 태하 등대로 향한다.

대풍감待風坎의 비경이 눈에 들어온다. 천길 단애 밑은 푸르다 못해 영롱한 비취색의 바다다. 바위 구멍에 배의 닻줄을 메고 육지 쪽으로 부는 큰 바람을 기다리고 있었다 해서 대풍감이라 부르게 된 것이다. 크게 부는 바람에 돛이 휘어질 듯 팽팽해지면 닻줄을 끊어버리고, 배는 바다 건너 본토까지 한달음에 향했다는 대풍감의 전설에 마음을 배에 실었다.

대풍감을 뒤로하고 향목령을 지나 태하마을로 내려오는데 길이 참 아름답다. 예전 이곳에 향나무가 울창하여 향목령香木嶺이라 불렸다는데 어느 날 석 달 열흘 동안 불이 나 향나무는 옛 자취로만 남았다.

마을로 내려와 분위기가 낭만적인 게스트하우스에 들렀나 거피를 얻어 마시며 사장과 한담을 나눈다. 사진을 찍다가 울릉도가 좋아

뭍에서 이곳으로 들어왔다는 그는 학포 옛길을 가보라 알려준다.

학포 옛길은 태하에서 학포로 넘어가는 약 3km의 산길이다. 울릉
도에선 마을에서 마을로 이동할 땐 거의 산 하나를 넘어야 한다. 학
포 가는 길엔 인적이 없고, 이정표도 보이지 않아서 길을 찾으며 걷
는다. 풀숲으로 희미하게 난 길을 따라 가파르게 산을 오른다. 인적
이 끊긴 길이라 자연 그대로다.

고개 넘어 학포 해변이 눈에 들어온다. 바다로 떨어지는 단애가 장관이다.

길 옆 천 길 낭떠러지를 가슴을 졸이며 조심조심 걷는다. 앞을 가로막는 원시림을 헤치고 꽃으로 가득한 옛길을 걷다 보니 어느새 학포 앞에 도착한다. 다른 이의 흔적이 없이 아무도 모르게 계속 숨어 있으면 하는 욕심도 부려봄직한 멋진 길이다.

셋째 날 : 독도와 성인봉에 오르다

아침 일찍 독도로 향한다. 전날 배를 놓치고 첫 시간에 다녀오기 위해 이른 아침부터 부산을 떤다.

동경 132도 북위 37도, 민족의 섬 독도는 배를 접안할 수 있는 큰 섬 동도와 서도, 그리고 89개의 작은 새끼 섬으로 구성되어 있다. 노랫말에 홀로 외로운 섬이라지만 수많은 사람들이 독도를 찾는다. 날씨를 종잡을 수 없어 접안할 수 있는 경우는 드물다고 한다. 오늘 접안하여 기분 좋은 하루를 시작할 수 있을지….

배는 너울성 파도 탓에 접안하지 못하고 동도와 서도를 멀리서 한 바퀴 돌았다. 외로운 섬 독도는 다음을 기약할 수밖에 없다. 사람들이 과자 부스러기를 주는 까닭에 배 주위엔 온통 괭이갈매기 천지다. 새떼에 사진 찍기가 곤란했다. 더 아름다운 독도를 카메라에 담고 싶었으나 마음으로만 가득 채웠다.

배는 독도 주위를 선회하고 기항했다.

　도동항에 도착하니 10시 30분이다. 서둘러 도동에서 천부로 가는 버스를 탄다. 천부에서 버스를 갈아타고 나리분지까지 가려면 서둘러야 한다.

　나리분지는 화산 폭발로 인해 생성된 칼데라 화구로 동서의 길이가 1.5km이고 남북의 길이가 2km인 울릉도 유일의 평야지대이다. 이곳에 눈이 내리면 3m까지 쌓인다 하니 상상이 가지 않는다. 토양은 보수력이 약한 화산 지형으로 비라도 오면 물은 바로 땅 밑으로 스며들어 버리기에 밭농사만 가능하고, 또한 천궁, 황금, 황귀 등의 약초와 더덕, 명이나물 같은 산초 나물이 많이 난다.

　분지 안 나리촌 식당에서 산채비빔밥에 동동주 한 잔을 하고 1시에 성인봉으로 출발한다. 성인봉 바로 앞 오르막까지 이어지는 2.5km에는 섬단풍과 마가목 등과 온갖 숲의 정령들이 줄느런히 길손을 환영한다. 길에 취해 아름다운 모습을 담고자 연신 카메라 셔터를 누른다.

　알봉 둘레길로 접어든다. 가족들이 삼삼오오 같이 걷는 모습이 편안해 보인다. 즐겁게 뛰어오며 장난질 치는 어린아이의 얼굴이 천진난만하다.

　빼곡하고 울창한 원시림 숲길을 걷다 보니 신령수에 도착한다. 약수터에서 목을 축인다. 단맛이 도는 물맛은 정신을 맑게 한다.

　신령수부터 성인봉을 향해 계단길을 오르기 시작한다. 한참을 낑낑대며 땀을 쏟으니 성인봉이 눈앞이다. 삼대가 공덕을 쌓아야 맑은 성인봉을 볼 수 있다는데 처음부터 운이 좋다. 오전에 비가 내려 구

름 낀 성인봉을 예상했으나 기분 좋게 예상이 빗나갔다. 많은 사람들이 계속 밀려들어온다. 땀이 식으니 몸이 오싹하다. 멀리 잡힐 듯 바다가 보인다. 독도에는 접안하지 못했으나 맑은 성인봉을 봤으니 반은 성공한 셈이다.

해찰하다가는 금세 어두워지기에 성인봉을 하산하기 시작한다. 나리분지에서 오르기는 계단 때문에 힘이 들었으나 하산 길은 계단이 아니고 대부분 흙길이라 편하다. 맑고 싱그러운 나무 향내가 콧등을 간지럽힌다.

성인봉 등산코스로는 나리분지, 안평전, 대원사, KBS중계탑 등이 있다. 하산 길을 KBS중계탑 방향으로 잡았다. 중간에 봉래폭포로 내려가는 작고 예쁜 길이 있어서 그리로 방향을 틀었다. 인적이 닿지 않은 작은 소로에는 들꽃이 가득해 걷는 자의 마음을 싱그럽게 했다.

아랑의 전설 품은 애절한
아리랑고개

– 경남 밀양 아리랑고개

'빽빽한 벌'이란 이름대로 밀양의 아침은 봄기운이 가득하다.
영남루에 올라 밀양강을 바라본다.
표표한 일엽편주가 아랑의 슬픈 사연 품고 저리 떠 있는가.
어디선가 들려오는 밀양아리랑 가락에 누가 부르는 것 같아 자꾸 고개를 돌려본다.

걷는구간	영남루 →밀양읍성 →밀양향교 →추화산 →월연정 →금시당
걷는거리	10.5km
소요시간	4시간
길의특징	햇볕이 가득 넘치는 밀양을 둘러 걷는 길
난 이 도	중하

　밀양강을 끼고 절벽 위에 남향으로 도도하게 자리한 영남루^{嶺南樓}는
본래 신라시대 사찰인 영남사^{嶺南寺}다. 고려 공민왕이 소실된 절터에
누각을 새로 짓고 절의 이름을 따 부르면서 시작됐다. 이후 여러 차
례 소실과 재건을 거듭하다 1844년 헌종 때 만들어진 누각이 오늘에
이른다.

영남루,
선비의 풍류와 역사를 간직한 조선 3대 누각

영남루 앞에 섰다. 세월의 흐름을 간직한 창연한 누각이 마음을 숙연히 가라앉혔다. 기둥이 우람하고 마루가 크고 넓어 백여 명이 앉아도 넉넉하다. 선인들은 밀양강을 바라보다 흥이 도도해지면 시를 짓고 읊으며 풍류를 즐겼다. 밀양의 영남루는 조선의 3대 누각으로 진주의 촉석루, 평양의 부벽루와 더불어 위용이 대단했다.

낙동강 왼쪽의 큰 마을이라는 '강좌웅부'^{江左雄府}, 조령 이남의 제일 이름 높은 누각이라는 '교남명루'^{嶠南名樓}, 밀양강과 읍성이 한 폭의 그림과 같다는 '강성여화'^{江城如畵}란 글귀의 편액이 영남루의 명성을 더한다.

영남루 맞은편 북향의 천진궁^{天眞宮}은 역대 왕조의 위패^{位牌}를 모신 곳이다. 밀양읍성^{密陽邑城}의 객사를 담당하였으며, 일제강점기 때는 역대 왕조의 위패를 땅에 묻고 헌병대의 감옥으로 사용했다. 역사의 영과 욕을 같이한 천진궁을 지나쳐 우측으로 돌아 봉황이 춤을 춘다는 무봉사^{舞鳳寺}에 오른다.

아랑의 전설이 사무쳐 흐르는 밀양강을 지나며

무봉사는 보물 제493호인 석조여래좌상을 봉안하고 있는데, 광배와 좌대가 어우러져 원래부터 하나인 것 같으나 사실은 각자의 탄생이 다르다.

석가여래좌상은 영남사지^{嶺南寺址}에 있던 것을 옮겨 모신 것으로 대

좌座와 광배光背가 없었다. 이에 근처에서 발굴된 광배를 붙이고 대좌를 새롭게 만들어 지금의 모습을 갖췄는데, 원래가 하나였던 것처럼 전혀 어색하지 않다.

무봉사를 지나 아동산衙東山 길을 따라 앞으로 나아간다. 밀양강과 곁을 해서 지나는 동안 밀양아리랑이 입에서 맴돈다.

옛날 밀양부사 딸 아랑阿娘을 사모한 사내가 침모와 짜고 못된 짓을 하려다 아랑의 거절로 뜻을 이루지 못하자 아랑을 죽여 숲속에 묻어 버렸다. 이후 밀양의 부녀들이 아랑의 정절을 사모해 '아랑, 아랑' 하고 불러 이것이 오늘날의 민요 아리랑으로 발전해 밀양아리랑이 됐다는 전설이 있다.

아동산은 높거나 크지 않으나 읍성을 포함하고 있다. 적을 방비하기 위해 가파른 산을 잡아 성을 쌓았기에 외성으로 도는 길은 만만치 않다. 처음엔 편한 길이었으나 읍성 동문으로 올라갈 때는 발이 미끄러워 옹색하고 산도 가파라서 숨이 차오른다.

밀양향교, 풍화루, 명륜당,
어디선가 학동의 글 읽는 소리 들리고

읍성을 지나 경주향교, 진주향교와 더불어 영남의 3대 향교라 불리는 밀양향교密陽鄕校가 있는 교동校洞으로 들어섰다. 옥교산 중턱에 자리한 밀양향교는 한옥 고택들 뒤편에 서 있어 들어서는 골목길의 운치가 좋다. 이곳은 밀성 손씨 교동파校洞派 종택이 있는 곳으로 30여 채의 오래된 전통가옥들이 밀집해 있다. 대부분 문이 잠겨 있어 겉만

보다가 다행히 손병준 고가를 구경할 수가 있었다. 담장은 옛 흙담의 형태를 간직했고, 다른 곳처럼 아직 손이 타지 않아 자연스러웠다.

향교의 정문인 풍화루風化樓에 도착했다. 풍화는 풍속교화風俗敎化의 줄임말로 인륜과 성현의 뜻을 밝혀 풍속을 교화하고 돈독하게 하는 공간이란 뜻이지만, 봄기운 만연하고 꽃이 만발하니 봄바람 소소히 들어 이때쯤이면 공부는 저만치 놔두고 풍류를 즐겼을 법하다.

명륜당明倫堂에 들어서자 학생들의 글 읽는 소리가 낭랑하게 들리는 듯하다. 하늘은 티끌 하나 없이 맑고 푸르다. 동재와 서재를 지나 대성전 뜰에 들어서니 꽃들의 천지다. 개나리는 온통 주변을 노랗게 물들이고, 매화는 마당에 가득하며 큰개불알풀꽃이 지천이다. 봄의 소리가 와글와글하다. 동백은 바닥에 가득히 붉음을 토하고는 처연하게 서 있다. 이제 매화도, 동백도, 개나리도 화려함을 뽐내고는 내년을 기약할 모양이다. 한동안 자리를 못 뜨고 꽃구경에 시간 가는 줄 몰랐다.

청아하고 담백한 조선의 정원, 월연정

추화산 봉수대를 지나 산을 넘는다. 갑자기 하늘이 흐려지고 날이 추워진다. 봄이되 겨울의 마지막 끄트머리 시샘은 날씨를 변화무쌍하게 한다. 추화산은 소나무가 무성하여 걷는 재미가 참 좋다. 소나무 사이를 수향樹香에 취해 걷다 보니 어느새 월연정月淵亭이다.

월연정은 월연대月淵臺와 살림집인 제헌霽軒, 쌍경당雙鏡堂을 합하여 부

087

봄날, 소백과 태백 사이에서

르는 이름이다. 하늘에 떠 있는 달과 강물 위에 비춰 떠 있는 달이 아름다워서 쌍경당과 월연정일까. 조선 정원의 청아하고 담백한 아름다움이 담양의 소쇄원 못지않다. 조선 중종 때 월연月淵 이태李迨 선생이 벼슬을 버리고 고향으로 돌아와 자신의 호를 따서 지었는데 풍취가 도도하다.

월연정을 지나 강따라 나오니 월연 터널이 시커멓게 외눈질을 한다. 경부선 철도로 사용되다가 1940년 복선화되면서 일반 도로로 이용되는 터널이다.

금시당 매화나무에서 봄을 찾다

월연정을 나와 강을 건너서 금시당에 들었다. 금시당今是堂과 백곡재柏谷齋는 두 채의 건물이다. 금시당은 조선 명종 때 좌승지를 지낸 이광진 선생의 별서別墅다. 산성산 일자봉을 뒤로하고 앞으로는 밀양강이 휘감아 용트림 하듯이 굽이치는 용호龍湖로 풍수지리상 배산임수의

명당이다. 임진왜란 때 불에 타 없어졌다가 백곡 이지운에 의해서 재건됐다.

백곡재는 철종 때 이지운을 기리기 위해 지은 집이다.

밀양의 봄소식은 금시당에 핀 매화에서 찾아야 한다. 450년 선비의 뜰인 금시당에서 200년 동안 매화는 향을 내려 봄소식을 알려왔다. 아직도 여전히 매화나무에는 봄이 가득하다. 곧 꽃잎은 봄을 싣고 산산이 비산飛散하여 사방에 봄의 절정을 알릴 것이다. 450년 된 은행나무가 황금빛 단장을 할 때 다시 밀양을 찾아야겠다.

"날 좀 보소, 날 좀 보소, 날 좀 보소
동지섣달 꽃 본 듯이 날 좀 보소.
아리아리랑 쓰리쓰리랑 아라리가 났네.
아리랑 고개로 날 넘겨주소."
— 밀양아리랑의 한 구절

여름은

길을 잃었다

끝없이 펼쳐진
덕산기 비경 속으로

– 강원 정선 덕산기계곡

울창한 낙엽송을 따라 걷기도 하고,
바위 너럭지대를 걷기도 하였다.
옥빛 자갈 위 얼음처럼 투명하고 맑은 물이
자그락 우르릉 소리로
속세에서 묻어온 속진을 깨끗하게 씻어준다.

걷는구간	북동교→숲속책방 →덕산3교 →덕산2교→덕산1교→여탄경로당
걷는거리	9.5km
소요시간	4시간
길의특징	옥빛 자갈 위 얼음처럼 투명하고 맑은 물을 따라 걷는 계곡길
난 이 도	중하

오 년 만에 정선 덕산기계곡을 다시 찾았다. 덕산기계곡은 바쁘게 사는 현대인을 자연의 품으로 끌어들여 속세의 찌든 때를 말끔히 씻어내기에 알맞은 트레킹 코스이다. 녹음이 짙은 숲과 맑은 물, 한낮의 땡볕을 식혀줄 시원한 원시림이 한창 달아오른 여름을 잠시 잊게 만드는 울울창창한 강원도의 힘을 찾아 한발 한발 발걸음을 떼었다.

수백 년 소나무와 깎아지른 뼝대가 압도하는 몰운대

4년 동안 닫힌 문이 열리고 다시 길이 났다. 은빛으로 한없이 조잘대던 계곡의 물소리가 자꾸만 귓가를 간지린다. 빠진 게 없는지 준비물을 챙기며 잠을 청하지만 계속 선잠이다. 며칠째 내내 찌푸리던 하늘은 가을하늘처럼 깨질 듯 투명하고 청명하다.

서울서 세 시간을 넘게 부지런히 달린 버스는 민둥산 역을 만나 좌로 몸을 틀었다. 삼십 분을 더 달려 몰운대에 도착했다.

수백 척 우뚝한 뼝대절벽이 거대한 모습으로 구름을 잡아챈다 해서 몰운대沒雲臺다. 몰운대 바위 틈을 밀치며 수백 년 소나무들이 다투듯 뿌리를 내리고 서 있다. 기묘하고 아름다운 풍경이다.

수백 명이 앉을 수 있을 만큼 넓게 자리를 편 넓적바위가 우리를 맞이한다. 아래로 절벽이 아슬아슬해서 앞으로 고개만 내밀면 천 길 낭떠러지가 아득히 내려다보인다. 아스라한 절벽 위 거세게 휘도는 어천漁川을 수직 낙하, 한참이고 내려 보면 몸을 빨아들일 듯 유혹한다.

시인은 "몰운대는 꽃가루 하나가 강물 위에 떨어지는 소리가 엿보

095

여름은 길을 잃었다

이는 그런 고요한 절벽"이라고 노래했다.

가지에 걸린 나뭇잎은 몰운대 절벽 아래 어천漁川으로 표표하게 낙하한다. 나뭇잎을 받아 문 어천은 화암면을 지나 정선 소금강계곡을 향해 줄달음질친다. 버스는 층층이 쌓인 소금강 협곡의 뼝대에 취해 잠시 머뭇거리다 우측으로 몸을 틀어 어천을 건넜다.

속세에서 묻힌 속진을 털어내는 비경 속으로

북동리로 들어가는 길이다.

버스는 차 한 대 겨우 지날 만큼의 비탈길을 꾸불꾸불 돌고 돌아서 힘들게 700m가 넘는 문치재를 넘었다. 사방 1000m가 넘는 산에 갇혀 있는 북동리로 들어가는 문門이라 해서 문치재門峙岾라 했다던가. 북동리는 너무나 깊어서 6.25때 전쟁도 모르고 지나갔다고 하는 오지 중의 오지이다. 오년 전에는 찾는 이가 많지 않고 적막했는데 벌써 버스가 세 대나 되돌아 나온다. 많이 알려져서 분주해지니 길손은 벌써 이 좋은 비밀의 숲이 들킨 것 같아 걱정이 된다.

북동리를 들어서자 30여 호의 마을이 있고 배추밭과 고추밭이 눈에 띈다. 북동리가 예전 잘나가는 사금광 지대였다는 팻말이 보여 그나마 금광 때문에 문치재로 길이 났으리라는 생각을 해본다.

북동삼거리에 도착한다. 정선군청에서 나온 안내인이 친절하게 일행을 반긴다. 마침 이삼일 동안 비가 많이 내려서 건천乾川인 덕산기가 물반 고기반이 되었다고 반가운 소식을 전한다.

북동삼거리에서 다리를 건너 좌측 덕산기계곡으로 길을 잡았다.

차가운 물은 등허리를 따라올라 머리끝까지 냉기를 뻗쳐 올렸다. 몸을 한번 부르르 떨고는 툴툴 털고 물속을 걸었다. 물 길과 사람 길이 교차하며 서로 왔다 갔다 사이좋게 지나간다. 아무도 살지 않아 문싹이 떨어진 녹슨 양철집이 눈길을 붙잡는다.

왁자히니 이이들 떠드는 소리의 지붕 위로 밥 짓는 언기기 몽글기리며 피어오른다. 삶의 무게를 짊어진 농부는 한 서린 소리로 아리랑을 넘긴다.

잠시의 상념을 뒤로하고 계속 물길을 헤쳐 걷는다. 울창한 낙엽송을 따라 걷기도 하고, 바위 너럭지대를 걷기도 하였다. 옥빛 자갈 위 얼음처럼 투명하고 맑은 물이 자그락 우르릉 소리로 속세에서 묻어 온 속진을 깨끗하게 씻어준다.

병풍처럼 둘러싸여 눈앞을 가로막는 거대한 뺑대는 돌아들면 다시 계속 겹겹이 길을 내준다. 배가 출출하다. 점심 때가 다 되어 출발했으니 그럴만하다. 자리를 잡고 앉아 휴식을 취하며 싸온 음식으로 요기를 했다. 후발로 많은 사람들이 우리를 지나쳐 간다.

"어서 오세요. 안녕히 가세요. 좋은 길 오셨어요."

낯모르는 사람들과 인사와 덕담을 나누며 트레킹의 즐거움을 만끽한다.

정선아리랑의 구성진 가락처럼 굽이굽이 휘고 도는 계곡을 따라 얼마간 걸으니 정선 토박이인 소설가 강기희 작가의 숲속책방이 있다. 미리 강냉이를 맞춰 놓아서 휴식 겸 강냉이를 먹으며 한참을 놀았다. 많은 사람들의 쉼터로 곳곳에 앉아서 식사도 하고 담소도 나누는 모습이 정겹다. 예전엔 이곳이 덕산기마을로 화전을 일구며 살았는데 지금은 다 떠나고 계곡만 남아 있다.

물장구 치고 탑돌이하며 자연인으로 살고픈
계곡의 절창

덕산기란 이름의 유래는 옛날에 덕산德山이라는 도사가 이곳에 터基를 잡았다고 해서 덕산기가 되었다는 전설과 원래 큰 산이 많은 터라 해서 덕산 터라 부르던 것이 바뀌어 덕산기德山基가 됐다는 이야기가 있다.

물에 뛰어든다. 목까지 차는 계곡물에 몸을 담그자 온몸이 짜릿하다. 주변의 일행도 다투어 물에 뛰어든다. 여름 계곡 트레킹의 묘미는 물속을 거닐고 이렇게 물놀이를 하는 것이다. 물장구도 치고 물을 뿌려대며 맑은 하늘과 층층이 펼쳐진 뼝대를 누리며 세상의 시간을 잊어버렸다.

물길을 따라 계속 걸으니 사방에 조그만 소망들을 담은 돌탑들이 열병중이다. 탑돌이도 하고 기원도 해보다가 이 정도로는 성이 안 찼는지 일행들은 이윽고 내시시 돌탑을 쌓기 시작했다. 마음을 담아 한 층 한 층 공덕을 쌓아 올렸다.

    모두 무사 무탈하게 해주소서. 그리고 집안 살림 좀 나아지게 해주
소서.

    이름도 순전히 작위적인 '비와야폭포'다. 뻥대의 꼭대기에서 아래
로 수직의 물길이 보인다. 물은 보이지 않고 수직으로 길만 보인다.
비가 많이 오면 폭포가 되어 떨어진다 해서 비와야폭포다. 쏟아 내
리는 거대한 폭포가 장관일 테지만 지금은 비가 내리지 않아 흔적만
있다. 비가 와야 폭포가 된다는 이름이 재미있다.

계곡 물과 몰운대 물이 만나 동강으로 흐르고

덕산3교, 덕산2교, 덕산1교는 도로를 따라 걸었다. 계곡엔 많은 풀들이 자라 있어 들어갈 수가 없었다. 오년 전 최고의 경치를 뽐내던 곳인데 풀이 너무 우거져 아쉽기만 하다.

덕산1교는 덕산기계곡의 종착지다. 여기서 어천과 합류한다. 우리는 어천을 따라 덕산기의 끝을 보기로 했다. 덕산기계곡의 물과 몰

운대를 지나 정선 소금강계곡을 따라 흐르던 어천이 만나 더 큰 어천이 된다.

어천을 오른쪽으로 돌아 덕산기의 마지막 절벽을 따라 걸으며 종착지 여탄 경로당을 향해 걸음을 옮겼다.

어천은 정선 읍내로 끼고 돌아나가는 조양강 여량의 아우라지에서 흘러내려오는 강과 만나 이내 동강이 되어 어라연을 향해 흘러간다.

내 귓가에는 물길 열두 구비를 돌며 아련히 들려오는 정선아리랑 한 구절이 맴돌았다.

"강물은 돌고 돌아서 바다로 나가는데
이내 몸은 돌고 돌아서 갈 곳이 없다.
아리랑 아리랑 아라리요
아리랑 고개로 나를 넘겨주게"

힘겨운 삶 쉬어 넘던
보부상의 숲길을 따라서

– 강원 인제 ~ 고성 마장터 숲길

이 길은 진부령과 미시령 길이 생기기 전에는
인제에서 고성으로 가는 가장 쉬운 길이었다.
예전의 풍경을 떠올리며 걷자니 눈앞의 풍경이 선하다.
흥정하는 모습, 물목을 지고 지나가는 보부상, 투전판, 주막 등이 정겹다.

걷는구간	박달나무쉼터→새이령→마장터→대간령→도원리
걷는거리	12km
소요시간	5시간
길의특징	인제와 고성을 잇는 보부상 옛길을 따라 걷는 산길
난 이 도	중

인제 용대리에서 대간령을 넘어 고성 도원리에 이르는 설악산국립공원 북설악의 12km 되는 옛길을 걸었다. 소간령, 새이령의 당산거리며 마장터의 수많은 집의 흔적이 역력하다. 과거 보부상들의 자취를 따라 걷는다.

보부상이 다니던 길은 동물들의 삶터로 변하고

출발지는 미시령 넘는 옛길 옆의 박달나무쉼터다. 큰 휴게소를 연상하기 쉬운데 사실은 작은 가게다. 이곳을 지나면 가게는커녕 인적조차 없는 원시자연에 접어든다. 여장을 다시금 점검하게 되는 이유다. 북설악의 최고봉인 마산봉과 신선봉에서 흘러내리는 창암계곡을 건너며 노정이 시작된다. 우르릉 소리를 내며 흐르는 계곡의 물에 조심조심 징검다리를 건넌다.

입구의 산양이며 담비며 여러 귀한 동물들이 사는 곳이라는 푯말이 벌써부터 조심하게 된다. 예전 보부상들이 다니던 길은 없어지고 수많은 세월 동안 귀한 동물들의 삶터였을 길이다. 다시금 사람의

소리로 북적인 지 얼마 되진 않았다.

마장터로 향하는 계곡따라 걷는 길이 상쾌하다. 계곡의 물은 걷는 길을 촉촉하게 만든다. 숲은 생명의 기운을 가득하게 한다. 용대리에서부터 대간령 정상까지 5km 구간은 표고 차가 200m 밖에 되지 않아 걷기에 편하다. 빼곡한 원시림은 하늘을 조금만 열어 뜨거운 햇빛을 가렸다. 계곡물은 졸졸 흐르며 갈 길 바쁜 길손을 계속 따라왔다.

마장터 고개길엔 보부상의 흥정 모습, 투전판, 주막이 눈에 삼삼하고

등에 땀이 서리고 갈증이 인다. 눈앞에 돌을 쌓아 올린 돌샘에서 시리도록 찬 약수물이 흘러내린다. 온몸을 찌릿하게 하는 물맛이다. 세상에 이보다 더 행복한 게 있을까. 문득 이곳을 떠나고 싶지 않다는 생각을 해본다. 다시 길을 이었다. 하늘이 보이지 않게 빼곡히 길을 감싸던 숲은 한순간 열리기 시작한다.

새이령이라 부르는 소간령小間嶺에 도착했다. 새이령은 한자로 간령間嶺이라 표기했고 대간령과 구분해 소간령이 됐다. 당산나무 한 그루와 작은 서낭당, 족히 수백 년이 흘렀을 돌무더기가 반긴다. 당산나무 밑동에 붙여 만든 서낭당에는 간단한 제물이 정성들여 올려 있다. 길 가던 객이 놓았는지 막걸리 한 병이 눈에 띈다.

길을 걷다가 등다나지 말라고 막걸리 한 사발을 올렸다. 또 정성스레 싸온 음식으로 고수레를 했다. 이곳을 지날 때는 속설을 따른다.

돌무더기에 돌 세 개를 얹고 세 번 절하고 세 번 침을 뱉으면 재수가 좋다는 것. 그대로 따르며 무사안녕을 기원했다.

　새이령을 지나면서부터 마장터^{馬場터}다. 마장터는 고성과 양양, 지금의 속초, 인제 사람들이 물목을 교류하던 장터다. 고성과 양양 사람들은 소금과 고등어, 이면수어, 미역 등을 지게로 날라 왔다. 내륙지역인 인제 사람들이 좋아하는 해산물이다. 반대로 인제 사람들은 감자와 콩, 팥 등 곡물을 날랐다. 마장터는 수산물과 농산물이 오가던 길인 셈이다.
　마장터란 이름도 마방과 주막이 있던 데서 유래했다. 아마도 고성과 인제를 오가던 보부상들이 쉬어가고 물목을 교환하던 곳이었으

리라. 또한 예전에는 말을 이용해 짐을 운반하며 고개를 넘기도 했다. 이곳에서 여장을 풀고 말들을 쉬게 해 그런 지명이 붙었으리라.

이 길은 진부령과 미시령 길이 생기기 전에는 인제에서 고성으로 가는 가장 쉬운 길이었다. 한창일 때는 30여 호의 마을이 형성되기도 했다. 지금은 군데군데 남은 돌무더기와 집터의 흔적이 화전마을이었음을 알린다. 예전의 풍경을 떠올리며 걷자니 눈앞의 풍경이 선하다. 흥정하는 모습, 물목을 지고 지나가는 보부상, 투전판, 주막 등이 정겹다.

구름도 쉬어 넘는 아득한 대간령 고갯길을 지나며

마장터를 지나 대간령으로 향했다. 마상봉과 신선봉에서 내려오는 물이 합처지는 지점에 제법 쉴 수 있는 너른 물가 터가 있다. 박달나무쉼터를 출발해 여기까지 오는 동안 크고 작은 계곡을 끼고 돌고 건넜다. 그중 이곳이 가장 좋아 걸음을 멈춘다. 인제에서 건너오던 선질꾼 행상도 이곳서 여장을 풀었으리라.

대간령大間嶺이다. 큰 새이령 또는 샛령이라고도 한다. 또한 돌이 많은 고갯길이란 뜻의 석파령石坡嶺이라고도 부른다. 석파령이라는 이름 때문인지 마지막 올라오는 길부터 돌무더기가 가득하다. 여행객들이 쌓았을 돌탑들이 여기저기 가득하다.

백두대간은 지리산 성삼재에서 출발한다. 도도한 흐름을 북으로 내달려 미시령을 지나 신선봉을 넘고 마상봉을 지나 진부령에 이른다. 여기 대간령은 신선봉과 마상봉의 중간에 있는 사잇길로 이름

여름은 길을 잃었다

그대로 대간령이고 샛령이다. 인제에서 고성으로 가는 중요한 관문이다.

보부상의 힘겨운 삶, 돌아보니 아련한 마음만 남아

옛길은 대간령을 넘어 고성 도원리로 향한다. 선질꾼들은 여기서 잠시 숨을 가다듬고 고성으로 길을 잡았겠다. 여기서부터 주막거리까지는 길이 험하다. 자칫 발을 헛디디면 천길 낭떠러지로 굴러 떨어지기에 조심해야 한다. 그러기에 보부상들도 대간령에서는 막걸리 한 사발 안 들고 출발했다지 않은가.

험한 길을 열 구비쯤 돌아드니 주막터에 도착한다. 주막터는 통행하는 사람이 많은 곳이었다. 봉놋방에서 술판을 기울이고 투전판을 벌이는 모습이 눈에 선하게 그려진다. 또 각지의 소식을 풀어놓고 교환하던 곳이었으나 지금은 흔적만 남았다. 대간령에서 주막터까지 이어지던 낭떠러지 같은 급경사는 주막을 지나고도 한참이나 계속 됐다. 무거운 봇짐을 진 보부상의 수고를 몸으로 체험하며 한걸음씩 내딛다 보니 어느새 도원리에 이르렀다.

가파르고 미끄러지기 쉬운 길을 무거운 봇짐을 지고 넘나들던 보부상. 그들의 수고를 떠올리며 마장터 숲길을 되돌아본다.

퇴계의 배움을 돌아보는
녀던길

— 경북 안동 녀던길

공부의 수행이 어찌 편안한 날만 있었을까.
어린 퇴계 선생이 배움을 얻기 위해
걸었을 길은 힘들었지만 가슴이 벅찼다.
학소대의 기암절벽과 굽이치는
낙동강을 바라보며 선계(仙界)에 온 듯
다시 가기가 싫었다.

명절엔 '민속' 분위기 가득한 안동 '그림으로 들어가는 녀던길'이 제격이다.

'그림으로 들어가는 길'이란 수식어도 남다르다. 퇴계 선생이 이곳 청량산에 올라 학소대의 기암절벽과 굽이치는 낙동강 물길을 바라보고는 "그림으로 들어가는 길"이라 했을 것이라고 필자는 생각해본다.

퇴계 선생의 배움의 길을 찾아서

안동 녀던길, 첫째날.

퇴계 선생이 어려서 숙부께 논어를 배우기 위해 다녔던 길이 녀던길이다. 비가 오나 눈이 오나 선생이 학문을 배우기 위해 다녔던 배움의 길을 따라 행장을 수습하고 길을 나선다.

녀던길은 단천교, 백운지교서부터 건지산을 넘어 농암 이현보 선생의 고택인 농암 종택을 지나 고산정까지의 길이다. 단천교를 지나 조금 더 걸으니 녀던길 표지석이 보인다. 녀던은 '가던', '다니던'의 뜻을 지녔다.

퇴계 선생의 〈도산십이곡〉에 녀던길이 나와서 녀던길이라고 부른다. 요즘에야 예던길로도 부른다. 또한 퇴계 선생이 이 길을 따라 청량산을 다녔다고 해서 퇴계오솔길이라고도 부르니 다 같은 길의 이름이다.

하늘은 비가 올 것처럼 잔뜩 흐리다. 다습한 기온에 온몸은 땀으로

흠뻑 젖는다. 그나마 넘실대며 황토빛으로 거칠게 흐르는 낙동강 물
소리에 시원함을 느낄 뿐이다. 아마도 전날 내렸던 비 때문에 거친
강 본연의 모습을 찾아갔겠다. 우렁우렁 무섭게 울던 강울음 소리가
이내 다정하게 들린다.

깊은 산 넘어 다시 듣는 강물 소리 반갑고

3km를 걸어 전망대에 도착했다.
전망대에 서서 낙동강과 청량산을 바라본다. 흐린 날씨에 청량산

은 흐릿하다. 낙동강은 멀리 산허리를 날쌔게 돌아 큰 원형을 빠른 걸음으로 와 앞에 큰소리를 내며 돌아간다. 전망대에 퇴계가 노래한 〈미천장담彌川長潭〉과 〈경암景巖〉 시구가 적혀 있다.

천년을 두고 물살을 받으나 어찌 삭아 없어지겠는가?
물결 가운데 우뚝 우뚝이 서 있으니 그 기세 씩씩함을 다투는 듯
사람들의 발자취란 꼭 물에 뜬 부평초 줄기 같으니,
다리를 굳게 세움 누가 능히 이 가운데 있음만 하리오?
— 〈경암景巖〉

한참 고개를 빼고 우르릉 요란한 울음의 강을 처다보다가 다시 길을 재촉한다. 이제부터 4km 남짓 오르막길인 건지산을 넘어야 한다. 바로 앞을 강 따라가면 되는데 길이 없다. 땅 주인이 길을 열어주지 않는다. 잡초만 무성해 예전 길을 찾을 수도 없게 되었다. 괜한 객기로 길을 찾는다고 풀섶에 들어갔다가 2시간을 고생하고 다시 원점으로 돌아왔다. 몸은 지치고 땀범벅이다.

건지산을 넘기 시작한다. 아침부터 굶었던 터라 힘은 빠지고 숨이 턱까지 다다른다. 온몸에 힘이 빠지고 거의 탈진할 딱 그만큼에 건지산 정상에 도달했다.

정상에 앉아 간단한 요기를 하고 산 능선을 따라 학소대 방향으로 길을 잡는다. 땀으로 온몸이 절었다. 자꾸만 눈으로 땀이 들어가 눈물처럼 눈두덩을 훔친다. 지친 몸은 임계치를 벗어나 발을 떼는 데도 힘이 든다. 날은 습하고 힘은 빠지고….

한 시간을 더 내려가니 삽재와 학소대 갈림길이다.

여름은 길을 잃었다

학소대는 청량산으로의 방향이라 삽재로 돌아 내려갔다. 한참을 내려가니 옹달샘을 지나 다시 녀던길이 연결되었다. 단천교 출발을 1시에 했는데 벌써 6시가 넘는다. 산을 넘느라 못 들었던 강울음이 반가워서 몸이 가벼워지는 듯하다.

산허리쯤 이르자 강각이 보인다. 몸은 가벼워지고 발걸음이 빠르다.

농암 종택, 분강서원,
퇴계와 농암이 문학을 논하던 학문의 요람

농암 종택聾巖 宗宅에 도착했다. 이현보李賢輔 선생이 분강촌汾江村에 터를 잡아 세거를 시작한 곳이다. 퇴계 선생과 문학과 철학을 논하고 삶을 즐겼던 곳이다. 이곳의 또 다른 이름인 분내를 따서 세운 분강서원汾江書院이 바로 종택 옆에 있다. 또한 강각江閣과 애일당愛日堂이 서로 격하여 있다.

한동안 종택에 취해 이곳저곳을 구경하다가 너무 늦어 내일 다시 찾기로 하고 길을 재촉한다. 시간이 벌써 저녁 7시가 넘어가고 있다. 2km 남짓 더 걸어서 녀던길의 종착지 고산정孤山亭에 도달했다. 벌써 날이 깜깜해져 내일 다시 오기로 하고 숙소로 발을 옮겼다.

오늘 길을 되돌아보면 건지산을 넘으며 무척 힘이 들었지만 산중턱 언뜻언뜻 스치며 지나가는 구름 사이로 보이는 농암 종택을 만나면서 피로는 한순간 사라져버렸다.

공부의 수행이 어찌 편안한 날만 있었을까. 어린 퇴계 선생이 배움을 얻기 위해 걸었을 길이기에 힘들었지만 가슴이 벅찼다. 얼마 전 다녀왔던 같은 안동의 하회마을과는 사뭇 분위기가 달랐다. 하회마을은 관광산업이 잘 발달한 곳이다.

내일은 그림으로 들어가는 청량산을 구경하고 태백까지 35번 국토기행을 하기로 다짐한다. 벌써부터 가슴이 두근거린다.

퇴계 학문의 요람 도산서원으로 찾아서

둘째 날이다.

이른 아침, 하늘은 구름을 잔뜩 머금고 이따금 빗방울만 후두둑 아침을 뱉어낸다. 비가 그쳤다. 오늘은 35번 국도를 타고 봉화의 청량산을 지나 태백까지 낙동강을 따라 가볼 생각이다. 황지에서 솟구친 물이 김룡소를 뚫고 거센 기세로 내려오는 낙동강을 안동서부터 서꾸로 올라가면서 볼 참이다.

아침 해가 떠오르자 안개가 걷히기 시작한다. 종택을 휘도는 낙동강은 어제 밤에 내린 비로 더 요란한 소리로 거세게 숏구쳐 흘러간다. 소리에 취해 의자에 앉아 가만히 거세게 돌아가는 낙동강 물소리를 들어본다.

농암 종택을 뒤로하고 퇴계태실退溪胎室로 향한다.

퇴계 선생께서 태어난 곳에 합당하게 단아하고 고졸古拙하다. 사람이 많이 찾지는 않는 모양이다. 종택을 지키는 종부만이 하염없이 걸레질을 하고 있다. 종부의 숙명은 참 힘들겠다. 한동안 머무르며 선생의 체향을 느끼고 도산서원으로 향한다.

도산서원은 정비가 잘 되어 있다. 관광객도 많아서 평일인데도 북적인다. 대학 때 수학여행 온 곳이라 눈에 익을 것으로 예상했으나

생각과는 달리 많이 낯설다. 십 년이면 강산이 변한다는데 벌써 삼십 년이니 변화를 생각 못하는 내가 '청맹과니' 같다.

도산서원은 강을 끼고 앉아 있다. 강을 끼고 도는 것은 병산서원도 그렇고 분강서원도 그렇다. 영주의 소수서원도 강을 끼고 있으니 서원들은 아마도 배산임수의 풍수지리상 최고의 길지吉地에 들어선 것임에 틀림없다.

청량산을 휘돌아 학소대에 머물며 사색의 길에 빠지다

도산서원을 둘러보고 서원 주차장에서 산을 넘어 2km 남짓에 있는 종택으로 갔다. 종가를 둘러보는 중 예사롭지 않은 모시옷 입은 분이 안에서 나온다. 나도 모르게 인사를 여쭸더니 퇴계 선생의 종손이다. 좋은 말씀을 듣고는 종택을 나서 봉화 청량산으로 향했다.

청량산은 금강산을 축소한 모습이라 해서 소금강산이라고도 부를

만큼 산이 아름답고 신령스럽다. 암봉과 암봉 사이를 연결한 하늘다
리, 거세게 청량산을 휘도는 낙동강이 절경이다.

입석에서부터 길을 오르기 시작한다. 이 길은 원효가 깨달음을 얻
은 사색의 길로 오르는 데 지장이 없을 만큼 경사가 완만하다. 40분
남짓 오르니 청량사다. 산 이름이 청량인 만큼 차고 시원하다. 낙동
강이 산을 돌아가니 더 그러했을 것이다.

퇴계 선생이 청량산에 올라 학소대의 기암절벽과 굽이치는 낙동
강 물길을 바라보고는 "그림으로 들어가는 길"이라 했을 것이다. 선
계에 들어온 듯 다시 내려가기 싫다.

시간이 여의치 않아서 다음 기회로 더 오르는 길을 남겨 놓고 하산
을 한다. 한때는 산골 골짜기마다 사찰이 있을 정도로 컸던 곳이 이
제는 청량사만 남아 있어 고적하다.

산을 내려오니 구름 사이로 뚫고 내리쬐는 볕이 따갑고 후덥지근하다. 행장을 정리하고 청량산을 출발하니 벌써 네 시다. 태백을 향해 가는 낙동강 옆을 지나는 내내 계곡이고 절경이다. 한 구비 돌면 경치가 새롭고 또 한 구비 돌면 모양이 새롭다. 사미소계곡, 백천계곡이며 드디어는 통천하는 기세의 검룡소까지 낙동강을 따라 올랐다.

마지막 황지는 예전 갔던 것으로 마무리하고 도산 12곡 중 안향 선생을 흠모하여 지은 시로 길을 마친다.

> 고인古人도 날 못 보고 나도 고인 못 봬
> 고인을 못 봐도 녀던길 앞에 있네.
> 녀던길 앞에 있기든 아니 녜고 어쩔고.
> ─〈도산십이곡陶山十二曲〉

'마음의 방랑' 선물하는
바다를 그리워하던 시간들

– 강원 속초 장사항 ~ 고성 삼포항

봉포는 멋진 바다다.
천진 해변은 물이 맑았다.
밟으면 점점 빠져 들어가는 발을 옮기며 모래사장 위를 걷는다.
발자국을 더 깊게 찍으며 내 존재를 각인한다.

걷는구간	징사항→봉포해변→청간정→아야진해변→천학정→ 능파대→백도해변
걷는거리	14km
소요시간	5시간
길의특징	고성 해변을 따라 걷는 길
난 이 도	하

밤새 쏟아붓던 장대비는 물러가고 간혹 가랑비가 내린다. 예濊의 땅 속초 장사항에서 고성 삼포항까지 해파랑길 46코스를 걷는다. 비옷이며 배낭 덮개를 단단히 준비하고 길을 나선다. 준비 안 했다가 느닷없이 당한다면 얼마나 낭패인가.

이름 모를 항구에서 인연의 끈이 닿는 고성바다로

장사항은 조그마한 어항이다. 주위에는 횟집과 활어판매장들이 회를 썰면서 지나는 손님들을 유혹한다. 벌써 배가 출출하다. 중년 부부는 배 갑판 위에 나란히 앉아 그물코를 능숙하게 손질하고 있다. 나의 카메라는 그들의 삶을 경건히 투영하고 있다.

호리병 모양의 항구를 따라 걸어 돌아갔다. 만만한 완보로 완상하면서 걸었다. 걸음이 여유로워지면서 마음은 방랑모드로 전환된다.

장사항을 지나면 바로 고성이다. 그토록 오랜 동안 전국을 떠돌아다녔어도 고성은 인연이 없었다. 이제야 비로소 인연을 만드는 중이다.

어젯밤 비로 산 밑 한 자락이 움큼 쓸려 나갔다. 조금만 더 내렸다면 큰일을 치렀을 터였다. 고성은 남북 모두가 같이 나눠 가지고 있는 최전방이다. 까리타스 수녀회의 마테오 요양원을 지나 바다정원

카페다. 풍광이 너무나 아름다워 많은 사람들이 찾는 곳이다. 카페에는 젊은 연인들로 가득하다.

바다는 철조망이 둘러져 있어 남북의 아픔을 느끼게 했다. 우리의 모습이려니…. 이후에도 계속 군데군데 철망은 고성만의 독특한 모습을 갖게 했다.

봉포, 천진, 이름에서 느껴지는 바다의 비릿한 단맛

솔숲을 지나 용천교를 건너 봉포鳳浦 해변에 다다른다.

봉포에 들어서자 가슴이 시원해지고, 바다 내음에서 단맛이 느껴진다. 아름다운 바다는 수많은 카페 건물들로 에워싸여 있다. 지나다 이층 창에서 바다를 바라보는 전망 좋은 곳에 자리를 잡았다. 해변에는 수많은 사람들이 물놀이를 즐기고 있다. 오늘따라 날이 덥지 않고 선선한 데도 사람들이 가득하다.

넘실대는 파도, 수많은 사람들, 손잡고 해변을 걷는 연인들….

봉포는 멋진 바다다.

천진 해변은 물이 맑았다.

모래 둔덕 위에서 바람 부는 바다를 바라본다. 거친 파도는 앞 파도를 밀고 짓쳐들어온다. 쫓겨온 파도는 흩뿌리며 해변에 잔뜩 모래

를 토해낸다.

바다에서 해수욕을 즐기는 사람은 많지 않다. 밟으면 점점 빠져 들어가는 발을 옮기며 모래사장 위를 걷는다. 발자국을 더 깊게 찍으며 내 존재를 각인한다. 얼마 후 나의 흔적은 없어지겠지. 내 존재의 가벼움을 포장하고 청간정으로 향한다.

청간정에서 바라본 망망한 바다

청간정淸澗亭 앞에 이르자 비가 쏟아진다. 금방 그칠 것 같아 정자 아래 매점 처마에서 비를 피하며 커피 한 잔을 시켰다. 주인아저씨는 바로 앞 청간정을 제쳐두고 아야진 해변 지나 있는 천학정이 최고라고 침을 튀긴다.

커피 한 잔에 몸을 녹이는 동안 비가 그쳤다. 노송 사이로 우뚝한 청간정 정자에 올라 바다를 바라보니 망망한 바다다. 설악에서 흘러내린 청간천이 정자를 맴돌아 바다로 흘러든다. 바다에 우뚝 솟아 오연히 동해를 바라보니, 조선 최고의 화가 정선과 김홍도가 그렸다는 〈청간정도淸澗亭圖〉가 떠오르며 천재들의 화흥畵興에 공감하게 된다.

선인들은 청간정을 관동 8경 중 제일 윗자리에 두었으니 감탄이 절로 나온다. 이곳에서 일출과 월출을 보겠노라 후일을 다짐한다.

청간정을 내려와서 청간 해변을 지나니 내 걸음의 종착지도 점점 다가온다. 조금씩 오다 말다 하는 비에 우의를 입다 말다 하니 많이 덥고 몸은 분주하다. 무거운 카메라를 목에 메니 목도 아프다.

전망 좋은 카페 테라스에서 본 고성바다

도중 좋은 카페를 만나 몸도 쉬고 커피를 마시며 해찰하다 보니 시간은 지체되고 물배만 가득 찼다. 오늘은 천천히 여유롭게 걷다 보니 벌써 많은 시간이 흘렀다. 그래도 이렇게 호젓하게 혼자 걸어보는 게 참으로 오랜만이다.

아야진 해변에 들어섰다. 마을에서 반암리로 넘어가는 산의 모양이 한자인 잇을 '야也'를 닮았고, 여기에 '우리'라는 뜻의 '아我'를 포함해서 '아야진我也津'으로 부르게 되었다고 한다.

크지 않은 항구인데도 남과 북 두 곳에 포구가 조성돼 있다. 바닷가를 따라 길게 만들어진 길 옆으로 멋진 카페가 많아 자꾸 길을 멈

춰서 커피 한 잔을 유혹한다. 결국 이기지 못하고 이층 테라스에 목 좋은 자리를 잡는다. 바다를 즐기고 카페를 찾는 대부분이 젊은 연인들이다. 그들로 인해 고성바다가 더 젊어 보인다.

천학정天鶴亭이다.

산 위에 근사한 정자를 연상하고 올랐더니 커다란 바위에 소나무가 가운데 신기하게 박혀서 산을 덮었다. 천년도 훨씬 넘었다는 천학정 소나무는 당산堂山을 볼 때와 같은 기운을 느낀다. 숲으로 사방이 어둑하니 더욱 그러하다. 청간정 매점 아저씨 말대로 아주 좋고 멋지다는 것 말고도 세월의 이야기를 잔뜩 품고 있어 보였다.

비가 느닷없이 자꾸 내리고 시간이 한정되어 이곳을 마지못해 지

나치지만 한동안 앉아서 세월을 담은 이야기를 생각하고 싶다. 비가 점점 거세진다. 하늘은 열대의 우기처럼 아주 괜찮다가도 비를 쏟아내곤 한다. 변덕스럽다.

누구라도 연인이 되게 하는 문암, 백도 해변 바다 풍경

천학정을 지나 고암 해변과 문암 해변을 지났다.

이곳 해변은 스쿠버들의 천국인가 싶다. 많은 스쿠버들이 거친 바다의 물결을 즐기고 있었다. 스쿠버 장비를 가지고 스쿠버를 즐기는 사람들이 이렇게 많은 줄 몰랐다. 지금의 젊은 세대는 우리와 전혀

다른 시간의 사람들이다. 온통 늘어놓은 장비와 즐기는 그들을 보면서 걷다 보니 시간이 이렇게 빨리 지나간 줄 몰랐다. 저녁 7시 10분 버스를 예매했는데 벌써 다섯 시다. 삼포 해변까지 트레킹하고 가려면 서둘러야 한다.

문암 해변 끝자락 능파대에 이른다.

수억 년 동안 이리저리 뒤틀려진 괴이한 모양의 암석이 파도에 부딪히고, 마모되고 다듬어졌다. 파도는 바위를 치면서 아름다운 포말을 만든다. 능파대凌波臺란 이름도 바위에 부딪히며 넘실대는 모습을 아름답게 소화해 낸다.

백도와 문암 해변을 가로지르는 문암천의 물이 거세게 바다로 흘러들어왔다. 물이 많고 거센 것으로 보아 어제 내린 비 탓이다. 군인들이 지나는 철망교를 건너는데 아래로 흐르는 물이 거세서 살짝 긴장이 된다.

백도 해변에 들어선다.

시간은 벌써 여섯 시가 다 되어 간다. 오늘의 여정은 여기에서 마

처야 한다. 2km만 더 가면 목적지 삼포인데 천천히 하나씩 즐기다 보니 일곱 시간이 흘렀다.

연인은 백사장에서 멋진 포즈로 사진을 찍고 있다. 아름다운 백도 해변을 배경으로 연인의 아름다움을 담으려는 게 분명하다. 나도 멀리서 그들의 모습을 한 컷 담으며 동참하고선 아름다운 고성바다를 떠나왔다.

바다는 우리 같이 눈코 뜰 새 없이 바쁜 일상을 사는 사람들에겐 더 없는 마음의 안식처다.

바 다
— 김소월

뛰노는 흰 물결이 일고 또 잦는
붉은 풀이 자라는 바다는 어디
고기잡이꾼들이 배 위에 앉아
사랑 노래 부르는 바다는 어디
파랗게 좋이 물든 남빛 하늘에
저녁놀 스러지는 바다는 어디
곳 없이 떠다니는 늙은 물새가
떼를 지어 좇니는 바다는 어디
건너서서 저편은 딴 나라이라

보부상의 숨결로 가득한
숨겨진 열두 고개

- 경북 울진 십이령길

산은 저만치 아래서 시원한 바람을 밀어 올린다.
등골 시린 바람은 마음을 해찰케 한다.
이때쯤이면 힘들었을 선질꾼들은 하나둘 소리를 내어 노래를 불렀을 게다.
숲은 깊어 어느새 서늘하기까지 하다.

걷는구간	장두천1리→내성행상불망비→바릿재→샛재→저진치→소광2리
걷는거리	13.5km
소요시간	6시간
길의특징	울진에서 봉화를 넘던 험난한 보부상의 행로를 따라 걷는 산길
난 이 도	중상

울진 십이령길을 걸었다. 우리 조상들이 생계를 이어가기 위해 치열한 경제활동을 했던 땀이 어린 길이다.

십이령은 보부상들이 바지게에 물건을 싣고 내성을 넘나들던 열두 고개이다. 울진 흥부장에서 시작하여 열두 고개를 넘어 영주 소천장까지 가는 길마다 신산辛酸한 삶의 행로가 펼쳐졌었다.

선질꾼들의 노래를 되뇌게 되는 애틋한 십이령길의 향수

길은 지나온 삶들을 겹겹이 쌓아놓고 새로운 삶을 받아들인다. 울진, 죽변 등에서 챙겨온 물목들을 바지게에 가득 지고 고달픈 걸음을 했을 선질꾼들의 노래를 되뇌면서 걸었다. 요즘에야 "금강 소나무 길"이라고도 부르지만 옛 보부상의 숨결이 남아 있는 "십이령길"이 한결 애틋하다. 울진, 죽변, 흥부장 등에서 산 소금과 어물, 미역 등을 바지게 가득 지고 십이령을 넘어 내성장봉화, 춘양장, 소천장에 해산물을 풀고는 필요한 양곡, 포목 등을 가득 지고 다시 되돌아오는

힘든 길이었다.

산허리를 한 구비 돌아들면 바지게를 세워놓고 쉬고 있을 바지게 꾼들의 삶이 곳곳에 살아 어느 순간 내게 다가와 다정히 말을 걸어오는 듯하다.

김주영 선생의 《객주》에 오롯이 살아나는 보부상들의 행로가 이 자리로 나를 이끌었다.

망비와 효자비각에 새겨진 고마운 사람들을 기리는 마음

두천1리 주막거리가 출발지다.

주막거리에 선 보부상들은 울진, 죽변, 흥부장 등에서 소금, 미역, 어물 등 온갖 물목들을 가득 싣고 모여서 출발을 점검했을 터다. 앞으로의 노정이 바릿재, 세재 등 열두 고개를 넘어 내성봉화장으로 가는 행선이기에 만만한 일이 아니었을 것이다. 또한 화적떼들

걷는 자의 기쁨

에게 물목을 강탈당하고 목숨을 잃은 이가 한둘이 아니었을 것이니 물건을 잔뜩 실은 바지게가 한결 무거웠을 게다.

돌다리를 건너 바라보니 정자각이 걷는 이들을 반긴다.

정자각 안에는 '내성행상불망비乃城行商不忘碑' 두 기가 모셔져 있다. 철판에 글이 새겨진 철비다. 한 기는 '내성행상반수권재만불망비乃城行商班首權在萬不忘碑'이며, 또 한 기는 '내성행상접장정한조불망비乃城行商接長鄭韓祚不忘碑'다. 선질꾼들의 안전한 통행을 도와준 내성에 살던 접장接長 정한조鄭韓祚와 안동 사람 반수班首 권재만權在萬의 은공을 기리고자 세운 비다.

불망비를 출발하여 산기슭을 가파르게 오른 지 얼마 안 되어 효자비각이 있다. 효자비각에 이르러 효자 심천범 내외의 효심과 꿩에 얽힌 이야기를 듣고 길을 나서 능선길을 올라 50여 분 더 가니 바릿재다.

바리바리 물건을 싣고 다녔을 고개마다
소리꾼의 노래 한 자락이

바릿재란 소에다 물건을 바리바리 싣고 다녔다고 해서 붙여진 이름이다.

소리 잘하는 선질꾼은 고개를 넘어갈 때마다 힘들어서 쉬는 일행에게 고단한 삭신을 풀어줄 노래 한가락 구성지게 불러봤겠다.

"가노 가노 언제 가노 열두 고개 언제 가노
지그라미 우는 고개 이 고개를 언제 가노"

노래를 읊조리며 바릿재를 지나 내리막길을 재촉하며 걸어 내려 갔다.

장평長坪이다.

너른 들이란 뜻의 장평에는 주막酒幕터가 있다. 이곳을 오고가던 이 들이 잠시 들러서 막걸리도 마시고 세상 돌아가는 이야기도 나눴을 터다. 물목 지고 가던 바지게꾼이야 이곳에 들러 막걸리 한 사발 들 이켜는 것은 사치였겠다. 바지게 가득 싣고 열두 고개를 넘나드는 그들의 삶에 이렇게 막걸리 편히 마실 호사가 주어졌겠는가.

두 물이 만나는 합수 나달을 지났다. 산양이 산다는 곳도 지났으나 산양은 보이지 않았다. 인기척을 느끼면 산양이 숨어버리기에 만나

기가 쉽지 않겠지만 개체 수도 얼마 안 남아 사람들 눈에는 거의 띄지 않을 것이란 생각이 들었다.

임도가 길게 이어졌다. 구불구불 임도를 따라 한참을 들어가니 찬물내기 쉼터가 있다. 쉼터에는 마을에서 주민들이 나와 비빔밥을 내놓는다. 주린 배와 땀을 식혔다.

찬물내기부터는 산길이다.

길은 골 깊은 낭떠러지를 비켜 돌아 가파른 비탈길을 한동안 오른다. 땀은 근질근질 머릿속을 헤집어 놓고는 이마를 타고 흘러내린다. 자꾸 눈으로 흘러내리는 땀을 훔친다. 가파른 고갯길을 거친 숨을 몰아쉬며 올랐다.

샛재, 너삼밭재, 저진터재엔 보부상의 애잔한 삶의 애환이

고개에 오르니 여기가 새도 힘들어 쉬어 간다는 샛재^{鳥峙}다.

산은 저만치 아래서 시원한 바람을 밀어 올린다. 등골 시린 바람은 마음을 해찰케 한다. 이때쯤이면 힘들었을 선질꾼들은 하나둘 소리를 내어 노래를 불렀을 게다. 그때쯤 나는 배낭에 얼려놓은 막걸리 한 사발 들이켜고, 땀 한번 훔치고는 다시 길을 재촉한다. 내려가는 길은 비단길 같다. 숲은 깊어 어느새 서늘하기까지 하다.

숲을 헤치고 길따라 내려가니 조령성황사^{鳥峙城隍祠}다.

샛재를 힘들게 넘은 선질꾼들은 정성들여 준비한 제물을 놓고 성

황신께 무사안녕을 빌었다. 가족의 무사안녕
이며, 횡액은 피하고 복만 들어오게 해달라
고 정성들여 차린 음식을 놓고 제문을 읽었
을 것이다. 나도 그들처럼 마음을 정갈히 하
고는 손 모아 성황신께 빌어본다.

성황사를 지나 너삼밭재에 이르렀다.

너삼밭재는 큰 고개가 아니라 마치 평지를 걷듯 편하고 쉬운 길이
다. 이제 목적지 소광2리 금강송 팬션까지는 저진터재만 남았다. 목
적지에 다 와 가는데 맘은 벌써 나머지 고개 넘어 영주 소천장을 향
한다.

쉬엄쉬엄 걷다 보니 저진터재다. 너무나 나무가 우거져 땅이 젖어
있는 듯해서 생겨난 말 그대로 '젖은 터'란 뜻이다. 여기까지 힘들게
왔던 선질꾼들이 바지게를 세워 두고 쉬어 갔으리라. 오늘은 바릿
재, 샛재, 너삼밭재, 저진터재를 지났다. 마음은 느긋해지고 벌써 나
머지 고개들을 걸을 계획을 잡고 있다.

오늘 밤은 수많은 별을 벗 삼아 탁주 한 잔 하면서 선질꾼이 되어
노래 한번 불러보리라.

> 방천생을 눈뜬 고개 이 고개를 넘는구나
> 가노 가노 언제 가노 열두 고개 언제 가노
> 지그라미 우는 고개 이 고개를 언제 가노
> 가세 가세 어서 가세 이 고개를 어서 넘게
> 가노 가노 언제 가노 열두 고개 언제 가노

지그라미 우는 고개 이 고개를 언제 가노
꼬불꼬불 열두 고개 조물주도 야속하다
가노 가노 언제 가노 열두 고개 언제 가노
지그라미 우는 고개 이 고개를 언제 가노
— 울진 십이령 선질꾼의 노래

정읍사 오솔길마다
애틋한 삶의 이야기가 흐르고

− 전북 정읍 정읍사 숲길

낮은 산 숲길은 작은 산굽이가 많다.
돌아들면 새로운 길이 나오고 길이 자꾸 궁금해진다.
한 구비를 돌 때마다 사연이 있고 새로운 길이
반기니 길이 점점 더 재미있다.

걷는구간	정읍사공원 →천년고개→두꺼비바위→월영습지→월봉상봉→월영마을
걷는거리	8km
소요시간	3시간
길의특징	백제가요 정읍사의 장사 떠났던 님 오시는 마중길 산책
난이도	중

가을은 이미 곁에 와 이른 새벽, 목 위까지 지퍼를 올리고 팔목 아래로 소매를 당겼다. 걷기에는 그만이다.

〈정읍사#邑詞〉는 현존하는 유일한 백제가요이다. 우리 민족 고유의 보편적 정서를 소유하고 오랫동안 지속되어온 가사로 조선시대의 의궤儀軌와 악보를 정리하여 성현成俔 등이 편찬한 《악학궤범》에 한글로 기록된 것이 오늘에 전해졌다. 내용은 멀리 외지로 장사를 나간 사랑하는 남편을 기다리는 마음을 담은 가사이다.

장사 나간 남편이 걱정된 아내의 애통哀慟이 깃든 노래

옛날과 지금의 시간이 씨줄과 날줄로 촘촘히 얽혀든다.

저재시장에 물건을 내고 각시 줄 선물을 봇짐에 싸 든 사내는 저쪽에서 오고 있다. 달은 높이 솟아 온 산중을 밝게 비추고 사내는 달빛을 길 삼아 시간 속으로 겅중겅중 걸어 들어간다.

님 기다리는 여인의 마음은 달빛 환한 망부석에서 무슨 생각으로 노래를 했을까?

무심한 사람이다. 멀리 외지로 장사 나간 남편은 벌써 여러 날이 지났는 데도 기척조차 없다. 혹여 밤에 돌아오다 남편이 다치지나 않을까 걱정이 되어 기다리는 아내는 애통이 터진다. 아내는 정성 가득한 정한수 한 그릇 떠놓고 아양산 중턱 망부석에 올라 남편이 돌아올까 길을 바라보며 하염없이 노래를 불렀다.

> 달하 노피곰 도다샤
>
> 어긔야 머리곰 비취오시라
>
> 어긔야 어강됴리
>
> 아으 다롱디리
>
> 져재 녀러신고요
>
> 어긔야 즌 데를 드데욜셰라
>
> 어긔야 어강됴리
>
> 어느이다 노코시라
>
> 어긔야 내 가논 데 졈그랄셰라
>
> 어긔야 어강됴리
>
> 아으 다롱디리.
>
> ― 정읍사井邑詞

정읍사 오솔길마다 삶의 애환이 깃든 이야기가 스며있고

오늘은 정읍사공원에서 내장저수지까지 이어진 정읍사 오솔길 1

코스를 걷는다.

　사랑하는 사람과의 관계를 만남, 환희, 고뇌, 언약, 실천, 탄탄, 지킴 등 7가지 주제로 스토리텔링한 길이다.

　공원으로 들어서니 약수를 길러 온 사람들로 북적인다. 정한수 떠놓고 기도하던 정읍사 샘물이기에 사람도 많다. 이름도 맞춘 듯 '달님약수'이다. 샘물이 풍부한 걸 보면 정^井이 우물을 뜻하는 정읍의 지명과 무관치 않아 보인다.

　전북과학대학교를 돌아 천년고개에 다가섰다.

　이정표를 지나니 월봉 등산로를 따라 초입이 나무계단이다. 마주 오는 사람들을 보고 반갑게 인사를 하고는 계단을 밟고 오른다. 송월고개를 오르는 길따라 펼쳐진 소나무들이 그늘을 만들어주어 숲길을 이루고 있다. 야생화들도 입을 벌리고 반갑게 맞아준다. 숲길은 월봉^{月峯} 등산로를 따라 죽 이어간다. 월봉이란 이름은 아마도 정

읍사의 "달하"에서 유래되었으리라.

길을 따라 1km 남짓 오르니 남사면 전망대가 있다.

낮은 숲길 작은 산굽이마다 사연담은 솔숲향이 진동하고

멀리 노령의 등줄기가 병풍처럼 입암산과 방장산으로 이어졌다. 땀을 식히고 조금 더 지나 산등성을 타고 넘으니 북사면 전망대가 있다. 일곱 봉우리가 춤을 추는 정읍의 진산인 칠보산과 귀양실재가 보인다.

낮은 산 숲길은 작은 산굽이가 많다. 돌아들면 새로운 길이 나오고 길이 자꾸 궁금해진다. 한 구비를 돌 때마다 사연이 있고 새로운 길이 반기니 길이 재미있다.

다시 길이 나서 쉼터를 지나 송학고개를 넘으니 가파른 오름이다. 턱밑까지 차는 숨을 깊게 토해내며 고갯길을 오르자 두꺼비 모양 바위가 보인다. 바위 옆으로는 연인들의 마음을 잠궈 두듯 사랑의 염원을 담은 자물쇠들로 가득하다. 매달린 자물쇠마다 언약의 글을 적은 메모지로 빼곡하다. 만나고 헤어짐이 자물쇠로 가둔다고 가둬지는 게 아닌데 마음이 그러하니 애틋하다.

두꺼비바위를 출발하니 길은 급전직하 가파르게 내리막길이다. 내내 소나무 숲길을 걸었는데 소나무가 무성하다. 한참을 가파르게 내려가다 다시 오르막이다. 계속해서 야트막한 산등성을 오르내리자 월영 갈림길인 월영습지안내소에 도착했다. 이정표에는 탄탄대로는 우측으로 돌아가야 한다. 좌측으로 월영마을 이정표다.

안내소 안에 계시던 노인 한 분이 나와서 좌측 월영 아래습지를 보고 가라 알려준다. 우측으로 가지 않고 좌측 월영습지로 방향을 틀었다.

월영습지에선 향긋한 풀내음이 걷는 이를 반기고

작은 월영 아래습지는 산 비탈면에서 공급되는 풍부한 용출수와 빗물이 고여 형성된 저층습지다. 예전에는 용출수를 이용하는 논이

었으나 농사를 짓지 않은 이후 습지로 변했다. 습지에는 버드나무, 갈대, 고마리, 갯버들, 선버들, 물봉선 등 수많은 식물군이 군락을 이루며 발걸음을 더디게 하였다. 향긋한 풀냄새와 청정한 공기는 말할 수 없는 청량함을 선사한다.

월영습지는 작은 월영 윗습지, 작은 월영 아래습지, 큰 월영 윗습지, 큰 월영 아래습지 등 총 4군데가 조성중인데 먼저 작은 월영 아래습지가 완성이 되었다. 그대로 아름다운 자연 정원이다. 모두 완

성이 된 후 꼭 다시 와 보리라 작정을 하고 탄탄대로로 접어든다.

탄탄대로는 소가 끄는 달구지가 지나갈 정도로 길이 좋았다. 예전 이곳을 통해 많은 사람들이 오고 갔으리라. 길은 내장터널 갈림길을 지나 서래원고개를 향했다. 길의 마지막이라 그런지 만만치가 않다. 밑으로 죽 내려가다가 다시 올라 치기를 세 번쯤 했을까, 어느덧 종착지가 얼마 남지 않았다. 월영마을이 1km 남았다는 이정표를 보면서 다시 걷기 시작한다.

시누대는 어렸을 적 내 놀잇감이었다. 대를 가늘게 다듬어 연을 만들어 들판을 쏘다니기도 했고, 활을 만들어 활쏘기도 하였다. 활시위를 팽팽히 당겨 쏘면 하늘 높이 날아 한참이고 보이지 않게 날아갔다. 아주 위험했지만 어렸을 적 그렇게 놀았던 추억이 시누대에 있다. 시누대길은 200m에 걸쳐 울창한 터널을 이뤄 장관이다.

시누대길을 지나니 월영마을이다.

내장저수지에선 마이크 소리가 시끄럽게 웅웅거리고 내 발걸음은 종착지인 월영마을 문화광장에 도착하며 아름다운 길을 마감했다.

님 마중하는 길은 걷는 내내 싱그러웠고 상쾌했다. 특히 월영습지는 내게 깊은 인상을 남겼다.

호남 내륙의 길목, 고창읍성과 전불길

– 전북 고창읍성과 전불길

본격적으로 전불길에 접어들었다.
아름다운 소나무 숲이 하늘을 가렸고 내리쬐던 햇볕은 자취를 감췄다.
숲은 기다랗게 그늘을 만들어 시원하고 말할 수 없는 상쾌함을 주었다.
잔돌 하나 없는 폭신한 황토길을 걷다 보면 어느새 마음은 저절로 힐링이 되어갔다.

걷는구간	고창읍성 동북루 →고창읍성 등양루 →서당골 →김소희선생묘 →김기서학당 →취석정 →고창읍성 진서루 →고창읍성
걷는거리	10.5km
소요시간	4시간
길의특징	고창읍성 외성돌기와 김기서강학당까지 전불길을 걷는 원점 회귀 코스
난 이 도	중하

호남 내륙으로 가는 중요한 길목, 고창을 지나면 호남의 곡창지대로 이어진다. 왜구는 단 한 명도 이곳을 통과시킬 수 없다는 비장한 각오로 쌓은 고창읍성의 외성을 따라가면, 차곡차곡 쌓아올린 돌 하나하나에 서린 조상의 이야기가 눈에 보이는 듯 선하다.

고창읍성 성 밟기로 무병장수, 극락왕생을 기원하다

뜨거운 햇볕에 걷기 시작부터 등허리에 땀이 차기 시작한다.

고창읍성 정문 공북루拱北樓 옹성 앞에 섰다. 평지에 있는 여느 읍성과는 달리 산자락을 따라 성곽이 이어져 있다. 백제 때는 모량부리현牟良夫里縣 또는 모양현牟陽縣으로 불리던 곳이다. 모량牟良이 '보리'를 뜻하고 부리夫里가 '마을'을 뜻하니 풀이하면 '보리마을'이다. 그래서 고창이 보리가 유명한 모양이다. 읍성은 이곳에서 모양성牟陽城으로 더 알려져 있다.

성을 바라보고 왼편으로 성곽을 따라 외성을 오르기 시작한다. 촘촘히 축성된 성곽을 따라 오르는데 다람쥐 한 마리가 길을 앞서 인도하기 시작한다. 녀석은 거침없이 성곽 중간 높이로 길을 가다 멈추고 가다 멈추고 하면서, 꼭 뒤돌아보는 것처럼 내가 움직이면 저도 움직인다. 그렇게 한참을 같이 가다가 어디선가부터 사라졌다.

등양루登陽樓다. 햇볕이[陽] 올라오니[登] 동쪽이라는 뜻이다. 여기도 공북루와 같이 옹성으로 루를 감쌌다. 성을 따라 돌면서 철쭉나무가 줄지어 같이 따르고 있다. 제철이라면 온통 붉은 꽃으로 만났을 텐데 아쉽다.

산 아래쪽엔 개망초가 군락을 이루어 바람에 물결친다.

성 위로는 성 밟기를 하고 있는 사람들이 드문드문 보인다. 예로부터 고창읍성은 성 밟기가 유명하다. 한 번은 다리가 튼튼해지고, 두번은 무병장수하고, 세 번은 극락왕생한다고 하였으니 세 바퀴를 돌아야 하는데…

성의 고단함이 엿보이는 시종始終 표석의 다양한 모습

성을 쌓기 시작한 시始와 쌓기를 마쳤다는 표시의 종終의 표석이 연달아 이어져 있다. 각 군현의 이름들이 보인다. 성벽에 새겨진 각자刻字로 보아 인근 고부, 김제, 영광, 정읍, 제주 등 19개 군현이 성 쌓기에 동원되었다. 백성의 고단함이 엿보이는 대목이다.

호남 내륙을 지켜내는 요충지로서 많은 전란을 건디면서 완전한 형태로 보존되어 있어 마음이 흐뭇해진다.

성곽을 보면서 특이한 것도 발견하였다. 어느 절의 건축에 쓰였음직한 잘 다듬어진 돌이 성곽의 일부분을 차지하고 있었다. 게 중에는 문양이 새겨진 돌도 있었다. 돌을 징발하면서 가져다 쓴 것으로 보인다. 성곽의 한 부분이 되어 새롭게 존재이유가 설명되지만 안타까운 것은 어쩔 수 없었다.

전불길 굽이마다 고창 예인藝人들의 흔적이 서려 있고

등양루를 지나 성의 중간쯤 이르러 김기서 학당으로 가는 4km 구간의 전불길이 시작된다. 전불은 김기서 학당이 전불사란 절이 있었던 자리로 김기서 학당까지 가는 길을 전불길이라 부른다.

본격적으로 전불길에 접어들었다. 아름다운 소나무 숲이 하늘을

가렸고 내리쬐던 햇볕은 자취를 감췄다. 숲은 기다랗게 그늘을 만들어 시원하고 말할 수 없는 상쾌함을 주었다. 잔돌 하나 없는 푹신한 황토길은 걷다 보면 어느새 마음이 저절로 힐링이 되어갔다.

전불길을 접어들어 2.5km를 걸었을까, 눈에 익은 이름의 팻말이 보인다. 뜻하지 않게 만나게 되는 이름 만정^{晩汀} 김소희 선생이다. 고창이 낳은 최고의 명창인 선생의 묘가 100m 밑으로 가면 있다는 팻말에 길을 틀어 산을 내려갔다. 김소희 선생의 묘에 들러 잠시 둘러보고는 다시 길을 재촉했다.

김기서^{金麒瑞} 강학당은 본래 전불사^{典佛寺}의 불당이 있던 자리이다. 돈목재^{敦睦齋}는 김기서의 호로 기묘사화(1519)에 연루되어 사화를 피해 이곳에 은거하였다. 이후 후학을 기리기 위해 건립한 돈목재^{敦睦齋} 강학당이 바로 고창 고수면 전불산 기슭의 김기서 강학당이다.

수리중이라 안으로 들어가 볼 수는 없었지만 지붕을 뜯어놔서 조선 전기의 지붕형태를 볼 수는 있었다. 뼈대를 드러낸 돈목재는 지

붕이 내려져서 팔작지붕의 받침대 모습을 바라볼 수 있는 귀중한 경험을 하였다. 조선 전기 건물의 복원을 위한 해체된 모습을 볼 수 있어서 가벼운 흥분도 일었다.

취석정^{醉石亭}은 호도마을을 지나 노동저수지 방향으로 조금 내려가면 커다란 노송과 버드나무 사이로 고고한 자태를 뽐낸다. 어느 방향에서 보거나 똑같은 모양의 정감이 가는 정자다. 정자 주변 여기저기 널려진 바위의 모습이 마치 취한 것처럼 자연스러워 정자의 이름과 어울린다. 조광조^{趙光祖}의 제자였던 김경희^{金景熹}가 건립한 것으로, 사화^{士禍}를 겪으면서 이곳 고향으로 낙향해 취석정을 지었다. 중간에 소실되어 1871년(고종 8) 후손들이 중건한 정자이다.

고창읍성, 성곽의 단단한 외벽은 여전하고

전불길을 마치고 고창읍성 중간으로 돌아왔다. 여기서부터는 다시 외성을 돌아 서쪽으로 지나간다. 등양루에 오르던 것처럼 성곽의 외벽은 여전했다. 진서루^{鎭西樓}는 등양루와 똑같은 옹성을 가지고 같은 모양새로 나를 반겼다. 서쪽^[西]을 누른다^[鎭]는 진서루이니 아마도 서해^{西海}로 들어오는 왜적을 경계함이리라. 길을 이어 내려오니 오전에 출발했던 공북루에 다시 도착했다. 성을 한 바퀴 돌고 전불길을 다녀온 셈이다. 13km를 걸었는데 전혀 힘들지가 않다. 날도 더운데 아름다운 숲길 탓인가?

아픈 역사로 남은
근대문화유적

– 전북 군산 시간여행

역사는 아픈 대로 간직해야만 한다. 군산을 걸으면서 가득했던 근대문화유적들은
바라보기만 해도 불편했다. 하지만 그대로의 모습으로 재현한 군산에 감사한 마음이
든다. 그 또한 우리의 지나온 역사이기에 다독이고 다시는 재연해선 안 될 교훈으로
간직해야 할 것이기 때문이다.

걷는구간	째보선창→군산내항→구조선은행→군산근대문화관→해망굴→ 월명공원→히로쓰가옥→동국사→이성당빵집→째보선창
걷는거리	7.5km
소요시간	4시간
길의특징	아픈 역사의 근대문화유적들은 찾아보며 걷는 길
난 이 도	하

일제강점기시대 군산은 호남평야에서 생산된 쌀을 수탈하여 일본으로 반출하는 항구도시로서 급속하게 팽창해갔다. 일본에서 건너온 일본인이 이곳에서 터를 잡기 시작했고, 돈이 풀리기 시작하자 전국에서 엄청난 사람들이 군산으로 군산으로 모여들었다.

우리 해안을 넘나들며 약탈을 일삼던 왜구를 크게 무찔러 진포대첩을 이뤄냈던 곳이 수탈의 현장이 되어버린 역사의 아이러니에 가슴이 아프다. 군산 곳곳에 산재해 있는 근대문화유적은 침탈의 역사이며 우리 근현대사의 모습이기도 하다.

쇠락한 일제 수탈의 흔적, 째보선창

째보선창은 포구의 상권을 장악한 객주가 째보언청이라서 그리 부른 이름이라지만 확인할 길은 없다. 그저 째보선창이리 부르기 굳어져버렸다. 한창 때는 돈을 쫓아 전국 팔도 사람이 다 모여 와글대던 곳이었으나 지금은 쇠락하여 적막만이 감돌며 이렇듯 이름으로만 옛 자취를 더듬을 뿐이다. 선창을 따라 걷다 보면 북적대던 옛날이 아련히 그려진다.

이곳은 채만식의 소설 《탁류》의 무대로, 분주히 오가던 사람들, 물건을 흥정하던 사람들, 그들 사이로 서천 땅을 처분하고 똑딱선을 타고 째보선창으로 들어온 정 주사가 보이는 듯하다.

간판글씨가 갈라져 떨어진 빛바랜 중국집 태평각이 눈에 들어온다. 물 빠진 항구에 미처 바다로 스며들지 못해 갇힌 배 몇 척이 한가로이 떠 있다.

　미곡 수탈의 역할이 사라진 군산항은 무역항과 여객항으로서의 기능을 외항에 넘겨주고 이제 옛 영광의 흔적만을 남겨 놓았다. 낡아버린 건물 안에 뿌리를 내린 나무가 창틀을 넘어 키를 높이는 모습이 기묘하여 눈을 의심케 한다. 건물은 비어 있고 금방이라도 무너질 듯하다.

　길쭉하게 바다로 놓여 있는 부잔교浮棧橋에 오른다. 3000t급 기선을 댈 수 있다는 부잔교는 말 그대로 뜬 다리로, 밀물과 썰물의 수면에 따라 다리가 오르내리며 저절로 높이가 조절되도록 만들어졌다. 이 다리를 통해 수탈된 미곡이 일본으로 반출됐다. 이곳의 지명이 장미동藏米洞으로, '쌀을 저장하는 동네'라는 뜻이다. 내륙의 미곡을 가득 실은 기차선로가 어지러이 난 곳을 지나며 서글픈 감정이 밀려들어온다.

스토리가 있는 근대로의 시간여행

구조선은행과 일본 제18은행을 지나갔다. 자꾸 스멀대는 역사의 불편함이 내내 가슴을 짓누른다. 구조선은행은 소설 《탁류》에서 고태수가 근무하던 곳이다.

아름다운 건축물이 눈에 들어온다. 서울역사, 한국은행과 더불어 서양 고전주의 3대 건축물로 불리는 구군산세관이다.

길에는 사람들로 벌써 가득하다. 근대로의 시간여행을 오는 사람이 참 많다. 잘 복원하였고 스토리텔링을 잘해서 돌아보기에 아주 매력적이다. 전국의 많은 근대문화유적들의 모범이 될 만하다.

군산 시간여행에는 꼭 들러야 하는 곳이 근대역사박물관이다. 2011년 개관되어 군산 근대문화의 역사가 복원되어 군산의 역사와 문화를 다양하게 체험할 수 있는 공간이다.

일제 침탈의 산증인, 군산 역사유적을 돌아보며

해망굴은 군산 도심과 해망동을 연결하기 위해 1926년 완성한 터널로, 근대도시 군산의 모습을 보여주는 대표적인 토목 구조물이다. 곡창지대인 호남평야에서 생산한 쌀이 기차나 도로를 통해 군산으로 모여진 물자를 보다 빠르고 편하게 항구로 운반하기 위해 만들어진 터널이다. 군산의 역할이 미곡의 수탈이었기에 도시의 구성이 모두 이렇듯 군산 내항으로 집중됐다. 해망굴은 지금은 관광용으로 도보통행만 가능하다.

해망굴을 나와 월명공원을 오른다. 장계산과 월명산이 감싸고 있는 산기슭 공원길을 걷다 보면 금강 하구언이 눈에 잡힐 듯 들어온다.

신흥동에 접어든다. 신흥동 일내는 일제강점기 군산 시내 유지들이 거주하던 부유층 주택지로, 일본식 가옥이 옛 모습 그대로 남아

있다. 히로쓰 가옥은 영화 〈장군의 아들〉과 〈타짜〉의 촬영지로 잘 알려진 곳이다. 목조 2층 주택으로, 지붕과 외벽 마감, 내부, 일본식 정원 등이 건립 당시의 모습을 고스란히 간직하고 있는 건물이다. 역사에는 영원한 게 없다. 한때는 군산의 돈을 쓸어 모으고 이렇듯 저택을 지었겠지만 지금은 구경거리로 남았다.

동국사東國寺에 들어선다. 문 앞 현판을 보고서야 조계종 동국사임을 알았다. 그렇지 않고서야 일본에 있는 어느 절인 줄 착각할 만하다. 원래 이름이 금강사錦江寺였다가 해방 후 동국사로 바뀠다. 대웅전을 바라보고 왼쪽에 있는 종루 옆에는 2005년에 새워진 평화의 소녀상 이 어우러지며 가슴 아픈 상처를 어루만지는 듯하다.

　동국사를 나와 〈8월의 크리스마스〉의 초원사진관을 들러 사진을 찍고 이성당 빵집에 들러 빵을 사면서 하루 군산 근대문화기행을 마쳤다.

　역사는 아픈 대로 간직해야만 한다. 군산을 걸으면서 가득했던 근대문화유적들은 바라보기에 또한 불편했다. 하지만 그대로의 모습으로 재현한 군산에 감사한 마음이 들었다. 그 또한 우리의 지나온 역사이기에 다독이고 다시는 재연해선 안 될 교훈으로 간직해야 할 것이다.

지금

가을은 외출 중

한국의 차마고도를
찾아서

– 강원 정선 새비재 가는 길

걷는구간	하이원리조트→도롱이연못→화절령→두위봉→
	질운산→새비재→엽기소나무 타임캡슐공원
걷는거리	24.5km
소요시간	8시간
길의특징	1,000m가 넘는 석탄을 나르던 운탄길을 걷는 코스
난이도	중

탄광이던 검은 흔적은 전설이 되어 아득해져간다.

사람들이 떠난 자리엔 지나온 시간만큼 나무들이 웃자라 키재기를 하는 곳.

수천 수만 년 태초의 산들이, 산 넘어 또 산 넘어 산들이 짓쳐 내달린다.

가을로 접어드는 길목이면 도지는 추억 같은 검은 길이 있다. 필자가 종종 찾는 정선의 새비재 가는 길.

단풍이 드는 철이 보름도 남지 않은 요즘, 붉게 물들 가을, 아름답고 멋진 길을 함께 누렸으면 하는 바람으로 태초의 숲으로 스며들어 본다.

탄광 광부들 떠난 자리엔 '검은 흔적'만 아득하고

운탄길은 한국의 차마고도茶馬古道라 불린다. 구름도 쉬었다 갈 만큼 높은 산 위를 석탄을 가득 실은 차가 탄가루 풀풀 날리며 달리던 길이었지만, 지금은 그림처럼 아름다운 길이다.

사방에 거미줄처럼 얽혀 있던 갱도를 메우고 흙을 덮었다.

7년 전 처음 만난 이래로 매년 두 번씩 걸었던 길이지만, 항상 경건하고 새롭다. 길은 태백과 정선, 영월 사이의 함백산 만항재를 출발해 백운산과 두위봉을 돌아 새비재까지 36km를 길게 이어간다.

　길을 걷다 보면 치열한 삶을 살아왔던 광부들의 흔적들을 곳곳에서 만난다. 누구의 아버지였고, 형님이었던 이들이 걸어야 했던 힘든 고통의 길이고, 삶의 길이었다. 또한 가득 채워진 탄차가 1200m가 넘는 천 길 낭떠러지를 옆에 두고 아슬아슬 지나갔던 아리랑고개 길이었다.

화절령에서 바라본 단풍의 진한 운무

가을 하늘은 한없이 깊은 호수 같아서 만지면 깨질 것 같다는 상투적인 이야기가 어색하지 않다.

오늘은 마운틴 콘도에서 출발하여 새비재까지 총 23km의 여정이다. 하이원 리조트 마운틴 콘도 주차장을 지나면서 길을 시작한다. 길 따라 늘어선 나무들 이파리가 막 물들기 시작했다. 단풍은 고도를 높여가며 점점 짙어져 간다. 시원한 아침공기를 맡으며 씩씩하게 산길을 따라 오르니 화절령花折嶺, 꽃꺾기재 삼거리다.

화절령은 정선 사북에서 영월 상동으로 이어지는 고갯길이다. 봄에 진달래꽃과 철쭉이 온 산에 가득하면 지나던 사람들이 꽃을 꺾었다 하여 붙여진 이름이다.

삼거리에서 좌측 길로 들어선다.

도롱이 연못에 도착했다. 탄광 갱도로 인한 지반 침하로 생긴 연못이다. 시커먼 연못으로 나무들이 아무렇게나 쓰러져 있고 낙엽이 가득하다. 나뭇가지 사이 시커먼 물낯에 비친 하늘이 바람에 살짝 일렁인다.

예전 광부의 아내가 남편이 무사하기를 도롱뇽에게 빌었다는 전설의 도롱이 연못은 노루, 멧돼지 등 야생동물들의 훌륭한 샘터로 환경생태계의 보고다.

도롱이 연못 앞길은 네 갈래이다. 오른쪽 아래로 100m 내려가 산정 자연습지인 아롱이 연못을 보고는 다시 올라와 정자를 돌아 두위봉 방향으로 나아간다. 두위봉(1,466m)은 산 모양새가 두툼하고 두

리뭉실하여 두리봉이라고도 부른다.

두위봉 자락에 비친 검은 꽃 탄광촌의 흔적

두위봉 사거리다.

오던 길로 직진하면 두위봉으로 가고 좌회전을 하면 신동으로 넘어간다. 우측으로는 하이원 리조트 폭포 주차장으로 내려가는 길 옆으로 아직도 예전 운락국민학교의 흔적이 남아 있다. 해발 1200m가 넘는 고지임에도 수많은 사람들이 살았던 곳임을 짐작케 한다.

지금에야 울긋불긋한 총천연색의 아름다운 세계이지만 당시에는 눈에 들어오는 풍경이 온통 검은 곳이었다. 멀리서 사내아이들의 공차기며 여자아이들 고무줄놀이 노랫가락이 들리는 듯하다.

잠시 휴식을 취하고 나서 우측 두위봉 방향 새비재를 향해 길을 잡고 나선다.

두위봉 자락을 둘러가는 길은 40여분 오르막이다. 청명한 가을바람은 걷는 내내 내 등을 밀어댄다. 바람에 실려 오르막을 오른다. 언덕을 올라 첩첩한 산들이 연봉을 이루어 용이 꼬리치듯 휘몰아치고 치달리는 웅장한 산세를 본다.

수천 수만 년 태초의 산들이, 산 넘어 산 또 산 넘어 산들이 짓쳐 내달린다.

카메라 렌즈 하나로 담기에는 너무 크다. 마음의 눈까지 다 모아 심신의 눈으로 보는 것을 남아서 큰소리로 외친다.

"아~ 좋다"

길은 한 귀퉁이를 돌면 새로운 모습이 나오고, 또 한 번 돌면 다른 모습이 나오고, 홀린 것처럼 그렇게 가을을 마구 뱉어낸다.

자전거를 탄 한 떼의 무리들이 마주치며 지나가 반갑게 인사를 나눈다. 운탄길은 자전거를 타는 사람들에게는 다운힐로 각광을 받는 길이다.

처음 이곳에 왔을 때는 사람 한 명 만나지 못했다. 농 삼아 길 중에 할머니나 어린아이를 만나면 분명 등골이 오싹할 거라 말했던 기억이 어른거린다. 마운틴 콘도 주차장을 출발해서 도착까지 인가가 전혀 없다. 23km를 걷는 동안 시설은 전혀 만나지 못한다. 그러기에 물이나 먹을 것들을 단단히 준비해야 한다. 처음 간단히 준비했다가 크게 낭패를 본 기억이 있어서 이 길을 올 때는 더 준비를 많이 한다. 10km쯤 걸으면 유일하게 마실 물을 만난다. 산 정상에서 길 위로 계곡을 따라 조그마한 폭포를 이루며 떨어진다. 길 중간 중간에 흐르는 물은 있으나 탄이 섞여 나오기에 마시질 못한다. 이곳 말고는 따로 마실 물이 없기에 식수도 단단히 준비해야 한다.

길은 느끼지 못할 만큼 완만한 내리막길이다. 그렇게 해발 800m를 내려가다가 다시 새비재가 가까워지면 완만하게 오르막으로 돌아선다.

새비재에서 바라본 별똥별 세상

아직 새비재에 도달하지 않았는데 산중이다 해가 지면 어둠이 스며들 듯 금세 어두워진다. 캄캄해지기 전에 도착해야 한다. 발걸음을 재촉해서 부지런히 나아간다.

　시간이 점점 어둠으로 향하며 하늘에 별들이 하나둘 모습을 보이기 시작한다. 새비재고개에 다다르자 벌써 앞이 안 보일 정도로 캄캄하다. 광활하게 펼쳐진 새비재 고랭지 채소밭은 이미 눈에 보이지 않는다.

　밤하늘은 벌써 수많은 별들로 가득하다.

　새비재고개를 넘으며 한동안 산자락에 걸터앉은 북두칠성과 같이 걸었다. 어릴 적 집 마당에 누워 별들과 대화를 나눴던 시절이 불현듯 떠오른다.

　내 꿈을 갖고 떠났던 별똥별은 돌아와 다시 내 마음을 가지고선 저쪽 하늘로 쉭- 지나간다.

　7시 50분 엽기소나무가 있는 타임캡슐공원에 도착했다. 오전 11시 30분에 시작했던 길이 오후 7시 50분에 끝이 났다.

　자연은 위대하다.

　석탄을 캐 가고 난 자리에 온갖 나무와 풀들이 뿌리를 내리고 새롭게 생명

을 잉태시키며 아름다운 힐링의 숲길로 다시 태어나고 있다. 태고적
신비를 간직한 새비재 가는 길은 고요하고 장엄했다.

내연산,
'계절의 생'을 갈무리하는 진경산수화의 절창

– 경북 포항 내연산

걷는구간	경북수목원→삼거리→시명리화전민 터→내연산12폭포→보경사
걷는거리	14.5km
소요시간	6시간
길의특징	내연산 갑천계곡을 따라 12폭포의 위용을 보면서 걷는 구간
난 이 도	중상

눈을 압도하는 거대 절벽과 쏟아지는
폭포수는 그림 밖으로 튀어나올 것 같다.
수많은 시인묵객이 폭포의 위용에 감탄하여
폭포 주변 바위에 이름과 시편을 새겨놓았다.
암벽에 '갑인추정선甲寅秋鄭敾'를 새겨
정선의 자취를 느끼게 한다.

진경산수화의 겸재 정선이 그린 내연산 삼용추三龍湫를 볼 겸, 짙어가는 가을을 만나기 위해 경북수목원으로 향했다. 막 해가 떠오는 이른 아침, 맵찬 바람에 겹겹이 껴입은 옷이 무색하게 춥다. 몸은 날선 날씨에 자꾸 오그라드는 것만 같았다.

하늘은 구름에 가렸지만 이따금 구름 사이로 투명한 맑은 하늘을 보여주곤 한다. 살짝 벌어진 구름 사이로 이른 아침 햇살이 간간히 비추면서 언뜻 언뜻 단풍에 빛을 입히니 색이 더욱 짙고 명암이 환상이다. 조금 지나면 구름은 더 많이 걷힐 것 같은 날씨다.

깊은 가을 속으로 접어들다

포항서 길의 출발지인 경북수목원에 가기 위해서 동해대로로 접어들었다. 청하교차로에서 좌회전을 하여 비학로를 타고 4.5km 진행하면 서정삼거리이다. 우회전을 하여 수목원로를 타고 가파르게 8km 오르다 보면 어느새 경복수목원에 도달한다.

포항을 출발할 때 동이 터 오던 하늘은 수목원에 도착하자 구름 사이로 해가 살며시 고개를 내밀었다. 가을 아침 센 바람을 동반한 차가운 기온임에도 사방이 노랗고 붉게 물들어서 금세 추위를 잊게 만들었다.

너무 일러 아무런 인기척이 없는 수목원에 들어선다. 가을로 깊이 물든 수목원은 온통 화려하다.

활엽수원과 침엽수원을 지나 매봉을 오르는 길에는 벌써 가득한 낙엽이 바람에 어지러이 날린다. 가을 색으로 갈아입은 단풍은 눈에

가득하고, 발에 채이고 밟히는 낙엽은 부스럭부스럭 귀를 즐겁게 한다.

매봉을 오르다 오른쪽으로 삼거리로 가는 방향으로 길을 잡는다. 삼거리까지 3km이다. 가는 동안 온 산이 노랗게 물들어 붉은 단풍보다도 오히려 처연하고 아름다워 발걸음이 느리다. 삼거리쉼터에 도착하니 벌써 걷기 시작한 지 두 시간이 넘었다.

삼거리쉼터에서 시명리로 갑천계곡을 따라간다. 계곡 위로 드리워진 단풍은 계곡물에 반사되어 더 붉고 노랗게 물들고 있다. 노란 가운데 섞인 붉음은 오히려 더 짙다. 성가신 바람에도 나뭇가지에 외로운 붉은 단풍 한 잎이 아름다워 한참을 붙잡혀 있었다. 쉬엄쉬엄 구경하며 해찰하다가 시명리에 도착한다.

시명리는 화전민촌으로 석축, 집터 등 흔적만이 사람이 살았던 자

리임을 나타내준다. 벌써 소개가 된지 40년이 넘어 마을이었다는 곳은 이미 울창한 숲으로 되어 예전의 모습을 상상하기 어렵다.

내연산 12폭포엔 노란 단풍이 바람에 날리고

시명리부터 12폭포의 모습이 시작된다. 보통은 보경사에서 길을 잡아 상생폭포를 지나면서 시작하는데 나는 거꾸로 시명리마을 어귀에 자리잡은 열두 번째 폭포인 시명폭포부터 시작한다. 시명폭포를 지나 실폭포, 복호1,2호 폭포를 지난다. 실폭포는 복호폭포로 가기 전 잘피골 골짜기로 잠깐 들어가 있는데 실처럼 가느다란 폭포가 30m 벼랑으로 흘러내려 마치 실타래를 풀어놓은 것처럼 장관을 이룬다.

호랑이가 엎드려 쉰다는 복호1,2호를 지난다. 갑천계곡을 따라 폭포를 즐기는 맛은 내연산 단풍과 어우러져 장관이다. 첩첩이 둘러쌓인 만산 가득한 황금의 물결에 지루한 줄도 모르겠다.

바람이 심하게 분다. 깊은 산중 노란 단풍은 속절없이 바람에 날린다. 햇빛은 날리는 나뭇잎들을 더욱 짙게 반짝거리게 한다. 장관이다.

겸재 정선謙齋 鄭敾의 진경산수화에 취하다

발걸음은 은폭포를 지나 겸재 정선이 화폭에 담은 내연산 삼용추三

지금 가을은 외출 중

龍湫의 모델인 연산폭포燕山瀑布 · 관음폭포觀音瀑布 · 잠룡폭포潛龍瀑布가 나타난다. 삼용추를 제대로 보기 위해 선일대에 올랐다.

깎아지른 절벽 위에 있는 선일대에 올라 아래를 내려다보니 입이 다물어지지 않는다. 정선의 〈삼용추도〉를 대입해보니 그대로다. 잠룡폭포는 가려져 보이지 않지만 연산폭포과 관음폭포는 정선의 그림과 닮아 있었다.

〈내연산 삼용추内延山 三龍湫〉는 정선이 58세 때인 1733년 청하 현감으로 부임해 왔을 때 이곳의 절경에 감탄하여 화폭에 담은 작품이다.

눈을 압도하는 거대 절벽과 쏟아지는 폭포수는 그림 밖으로 튀어나올 것 같다.

그림 속 3단 폭포 중 맨 위쪽에 있는 연산폭포에 오르니 수많은 묵객들이 폭포의 위용에 감탄하여 주변 바위에다 이름과 시편을 새겨 놓았다. 암벽에 '갑인추정선甲寅秋鄭歡'를 새겨 지금도 정선의 자취를 느끼게 한다.

무풍폭포와 잠룡폭포를 지나면서 계곡이 조금은 순해진다.

물길이 세 갈래라서 삼보폭포와 보현암을 끼고 있다는 보현폭포를 지나치니 마지막 상생폭포다. 두 줄기 폭포가 물기둥을 이루며 쌍둥이처럼 두 갈래로 쏟아지는 폭포의 모양에서 쌍폭이란 명칭이 더 많이 쓰인다고 한다. 마지막 상생폭포를 둘러보고 보경사에 도착하니 이른 새벽 출발했던 발걸음인데 벌써 해가 뉘엿해 긴 그림자를 드리운다.

경북수목원을 출발하여 보경사에 이르는 16km를 걸었다.

붉은 단풍보다 오히려 처연하고 아름다운 참나무과의 황갈색 단풍에 물든 깊은 가을 속으로 푹 빠져들었다가 나왔다.

가을바람에 날리는 낙엽은 마지막을 화려하게 비산하면서 제 몫을 다했다.

화려한 단풍에 빠져들었다가 겸재의 진경산수화로 표현된 가을 내연산 12폭포도 가슴에 담았다.

늦가을로 접어드는 이때 내연산의 진경이 화양연화花樣年華가 아닌가 싶다.

가을빛 절정으로 치닫는
천상의 화원

– 강원 인제 점봉산 곰배령

걷는구간	점봉산생태관리센터→강선마을→곰배령정상→전망대→주목군락지→철쭉군락지→점봉산생태관리센터
걷는거리	10.5km
소요시간	5시간
길의특징	곰배령의 야생화를 보는 원점 회귀 코스
난 이 도	중

곰배령 정상이다.

온 산을 가득 메웠을 야생화는 간데 없고 꽃대만 남아 더욱 쓸쓸하기만 하다.

수풀만 우거져 보이던 곰배령의 야생화가 조금씩 눈에 들어온다.

군데군데 용담과 풍로초, 노란색 마타리도 눈에 띈다.

　남쪽에서 달려온 백두대간이 단목령을 넘어 설악으로 가는 길목에 우뚝 솟은 육산 점봉산(1424m)이 있다. 정상에서 남쪽으로 2km 거리에 작은 점봉산이고, 작은 점봉산을 지나 바로 아래 1164m의 곰배령이다. 산세가 마치 곰이 하늘을 향해 배를 드러내놓고 있는 형상을 닮았다 해서 붙은 이름이다. 널찍한 평전에는 계절마다 다양한 야생꽃들의 세상이 열리니 천상의 화원이라는 멋진 이름도 안성맞춤인 곳이다.

곰배령 길 옆에 핀 한 떨기 금강초롱이 청초하고

　오랫동안 공들였던 곰배령을 가기 위해 점봉산 생태관리센터에 도착했다. 이른 아침 차가운 공기는 익어가는 가을의 기운을 듬뿍 담고 있다. 한기를 줄이기 위해 겉옷을 꺼내어 입는다. 서늘한 가을의 아침 산 공기를 여실히 느끼는 중이다. 어느 곳이든 항상 그렇지만 이곳에서는 과연 무엇을 만나고 느끼게 될까? 기분 좋은 긴장감

으로 몸의 근육을 이완시킨다.

숲에 들어서자 거센 물소리가 반긴다. 나뭇잎은 아직 제 때가 아닌데도 성미 급한 이파리는 벌써 단풍이 들기 시작한다. 강선계곡 물소리와 싱그런 아침의 찬바람을 맞으며 안으로 걸어 들어간다. 바닥에 떨어진 잎은 밤새 내린 물기를 머금고 있다.

투명해서 그냥 마시고 싶은 계곡물은 내 마음도 속절없이 뿌리치고 요란히 아래로 흘러만 간다. 문득 길 옆으로 꽃 한 송이가 보인다. 가까이 다가서니 종처럼 생긴 금강초롱이다. 숲과 계곡 사이에 저렇게 아름다운 금강초롱이 피었구나. 도대체 주변 아무것도 보이지 않고 오로지 내게 꽃만 보이니 신기할 따름이다. 그저 이제 거의 꽃들이 들어갈 무렵이다 보니 꽃 한 송이에도 이렇게 감성에 젖어든다.

신선이 노닐다 간 계곡에서 곡차 한잔으로 가을을 음미하고

이렇게 숲과 계곡에 젖어 천천히 걷다 보니 어느새 강선마을이다.

197

이곳의 풍광에 반한 신선이 하늘에서 내려와 다시 하늘로 올라가지 않고 그냥 눌러 살았다고 해서 생겨난 이름이다. 강선마을을 지나 마을 사람이 운영하는 가게가 있어 파전에 곡차 한 잔을 한다.

강선마을을 지나 나무다리를 건너면 산중 검문소다. 이곳을 지나기 위해서는 입구에서 받았던 청색 패를 보여줘야만 한다. 산의 독특한 식물군을 보호하고 오염을 막으려는 것이기에 더욱 철저하게 통제한다. 이제부터 곰배령으로 향하는 작은 숲길이다. 오르막이지만 경사도가 낮아서 힘이 들지는 않는다. 빼곡한 나무들과 강선계곡의 물소리를 들으며 한걸음씩 곰배령으로 향한다. 이제 얼마 안 있어 온통 붉음으로 변할 단풍을 상상해본다.

정상을 2km쯤 남겨 놓은 지점에서 다람쥐들이 겁도 없이 휙휙 앞을 가로지른다. 참 앙증맞게도 생겼다. 걸으며 여러 마리의 다람쥐를 마주친다. 그러다 어느 순간 멈출 수밖에 없다. 다람쥐 한 마리가 제 자리에서 두 손으로 나뭇잎을 움켜쥐고 갉아대고 있다. 녀석은 내가 있는 데도 두려움도 없는가보다. 그저 한동안 그녀석의 작업을 지켜보다 움찔하니 깜짝 놀란 녀석이 도망을 가버린다. 마지막 곰배령 정상을 앞둔 눈앞 언덕배기 너머로 바람이 차다. 바람은 산등을

타고 넘는지 유난히 세다. 올라오며 흘리던 땀은 어느새 어디론가 사라지고 오싹함에 몸을 움츠린다. 정상에 다가선다. 5.1km를 걸었다.

천상의 화원엔 가을이 점점 익어가고

곰배령 정상이다.

귀를 시리게 하는 찬바람에 가을이 익어감을 절실히 느낀다. 온 산을 가득 메웠을 야생화는 간데 없고 꽃대만 남아 더욱 쓸쓸하기만 하다. 그나마 몇 개 남은 꽃들로 천상화원의 기분을 맛본다.

귀한 용담은 수풀 사이로 '나 여~어요' 하며 고개를 한껏 쳐들고 입을 벌리고 '멀리서 오셨군요' 하고 속삭인다. 수풀만 우거져 보이던 곰배령의 야생화가 조금씩 눈에 들어온다. 군데군데 용담과 풍로초, 노란색 마타리도 눈에 띈다.

고개를 들어 곰배령을 한 바퀴 돌아본다. 동쪽에는 설악산 대청봉과 중청 소청이 나란히 서 있다. 북쪽을 바라보니 점봉산과 작은 점봉산이 손에 잡힐 듯 눈앞에 있다.

주목과 철쭉이 주단처럼 깔린 아름다운 흙길을 거닐며

하산은 왔던 길도 다시 뇌돌아가지 않고 남목 능선을 타고 계속 진행을 한다. 여기서부터 곰배령 생

태안내센터까지 대략 5.4km다. 길 초반 잠깐 오르다가 이내 능선을 따라 난 숲길을 헤치며 걸어간다. 대청을 바라보는 전망대를 지나고 주목군락지와 철쭉군락지를 지나 3km 남짓한 아름다운 숲길이 아주 편하게 이어져 있다. 올라온 길과는 전혀 다른 식생植生을 선보이고 있다.

이 길은 부드러운 흙길이다. 걸음을 뗄 때마다 상냥한 언어로 불러 주는 것같아 기분도 좋아진다.

이렇게 하염없을 것만 같던 부드러운 흙길은 능선에서 끝난다. 이제부터는 좌측으로 산을 내려가는 길이다. 급한 경사의 계단을 밟고 한참을 내려간다. 대부분의 길이 돌을 밟으며 걷는 길이고 경사도도 심해서 무릎에 무리가 간다. 천천히 한발 한발 조심해서 디뎌나간다.

산 밑으로 내려와서는 계곡을 따라 이어진 가벼운 너덜지대도 지난다. 올라갈 때 시간보다 더 걸리는 걸 보니 그만큼 힘이 더 든다. 그렇지만 올라갈 때와는 많이 다른 식생대^{植生代}의 모습을 보여서 다양한 즐거움과 식물군을 보려 한다면 이렇게 길을 잡아야 한다.

다리를 건너니 아침에 들어왔던 입구다. 보라색 패를 반납하고 시계를 보니 여섯 시간을 걸었다. 빨리 걸으면 4시간 이내겠으나 관조하고 해찰하고 즐기면서 걷다 보니 이렇게 많이 되었다.

산이 너무 깊어 빛도 잠깐 들어오는 첩첩산골의 비경

곰배령은 진동리에 속한 오지 중의 오지인 첩첩산중 깊은 산골이다. 곰배령을 들어서기 위해서는 깊은 산중으로 접어들어야 한다. 지금에야 찻길이 나고 자유로이 드나들지만 예전엔 그렇지 못했다. 이 근처에 이름이 독특한 아침가리가 있는데, 아침 햇살이 잠깐 비칠 때 밭갈이할 만한 땅이란 의미로 산이 너무 깊어서 빛도 잠깐 들어오는 깊은 오지임을 역설적으로 드러내는 이름이다. 근처가 이러하니 예전 곰배령은 사람의 발길을 허락지 않는 깊은 곳이었다. 인간의 손길을 타지 않는 곳이어서 다양한 식물군이 조성되었을 것이란 생각을 해본다.

인제 천리,
작은 길 위의 큰 울림

– 강원 인제 은비령

걷는구간	가리산리→가리밸리캠핑장→은비령필례령정상→필례약수→원진개쉼터
걷는거리	12.2km
소요시간	6시간
길의특징	꼭꼭 숨어 감춰 있는 비경을 찾아보며 걷는 길
난이도	중상

필례로를 따라 계곡은 우렁차게 소리를 내며 흐른다.
계곡을 따라 흐르는 물은 바위를 부딪치며
하얀 포말로 산산이 부서진다.
계곡에 가지를 드리운 나무는 제 잎의 단풍으로
계곡 물색을 붉게 물들이기 시작한다.
계곡을 따라 걷다 보니 어느새 은비령의 시간은 멈췄다.

오래 전 기억이 은비령隱秘嶺으로 내몰았다. TV에서 우연히 '밑에서 불어오는 바람에 내리는 눈이 은색으로 반짝거리며 은비은비隱秘銀飛해요'라는 것을 본 뒤 은비령을 늘 염두에 뒀다. 겨울이 아닌 가을 단풍이 시작할 때의 모습을 보고 싶기도 했다.

첩첩산중인 강원도 인제, 가리산리에서 필례계곡을 따라 한계령 휴게소 방향으로 가다보면 좌측으로 삼형제봉과 주걱봉, 그리고 필례령의 주산 가리봉이 눈앞에 펼쳐진다. 가리봉(1518m)과 은비봉(1097m) 사이에 능선으로 이어진 고개가 바로 은비령이다.

은비령의 본래 이름은 큰눈이고개로 필례령이라고도 부른다. 그렇다면 은비령은 어디서 나왔을까. 은비령은 본래 지명에 존재하지 않는 이름인데, 소설가 이순원의 동명소설 〈은비령隱秘嶺〉에서 따온 것이란다.

은비령, 허구와 현실을 넘나들다

가리산리 방재체험마을에서 짐을 꾸리고 길을 나섰다. 이름 그대로 꼭꼭 숨어 감춰 있는 비경을 기대하며 옮기는 발걸음은 가볍다. 가리밸리 캠핑장 가는 길로 접어들었다. 길가엔 억새가 잔바람에도 하늘거리며 길손을 반긴다. 마치 "어서오세요, 어서오세요" 하는 듯이 손짓하는 모양이 정겹다.

가리밸리 소나무 숲길을 지나면서 은비령의 숲길이 시작된다. 숲은 생강나무가 가득하다. 생강나무는 봄에 핀다. 하지만 벌써부터 노란 생강나무의 꽃과 향기가 온 산을 진동하는 듯하다. 상상만으로도 내년 봄이 느껴지니 길이 즐겁다.

인적이 드문 길을 탐험하듯 올라간다. 다행히 인제 천리길 표지가 곳곳에 붙어 있어 길을 잃을 염려는 없다. 무성한 원시림은 태곳적 그대로인 듯하다. 어떤 나무는 고사목이 돼 쓰러져 길을 가렸다. 숲길에서 오래된 집터의 흔적도 만났다. 이곳이 한때는 사람들이 살았음을 짐작케 한다.

원시림의 모습. 나무가 자연스럽게~~

소금 짐을 지고 넘나들던 고된 삶의 고개

원시림을 헤치며 가리계곡 옆 절벽 위에 닌 길을 따라 걷는다. 아래를 내려다보면 아찔해 조심스럽다. 계곡 물이 맑고 투명해서 손을

넣었다. 등골까지 파고드는 시원함으로 온몸을 떤다.

아름다운 원시림과 계곡을 두 번 건너자 가파른 산길이다. 고갯마루까지는 얼마 남지 않았다. 가쁜 숨을 모아서 마지막까지 올라간다. 나무 틈새로 하늘이 보이고 이내 가리봉과 은비봉 사이의 능선 고갯길인 은비령, 필례령이 지척이다. 은비령에 올라서자 밑에서 올라오는 바람에 흘린 땀이 식어버린다.

이 길은 지금의 한계령길이 생기기 전 양양에서 인제로 가는 옛 고갯길이다. 선인들이 양양에서 무거운 소금 짐을 지고 인제로 가 먹을 양식을 구해 다시 돌아가던 곳이다. 한 발 한 발 무겁게 걸음을 떼었을 선인들의 고된 하루가 눈앞에 선하다.

'필례 주막에서 전해준 막걸리 한 사발을 들이켜고 나선 때가 아침인데 이제야 큰눈이고개다. 무거운 소금을 바지게에 가득 싣고 양양에서 나흘 전에 출발했다. 자꾸 바지게 틈새로 간수가 새어 나와 옷이 소금에 절여졌다. 몸도 소금에 절여진 듯 무겁고 파김치다. 혼자 가면 위험하기에 무리를 이뤄 등짐을 지고 노래를 부르며 힘든 어깨를 달랬다. 내일까지는 하우고개를 넘어 인제에 들어가야 되는데…'

필례, 마의태자의 꿈

은비령을 뒤로 하고 필례약수를 향해 내려간다. 내려가다가 올라오는 사람을 만난다. 이곳은 길손이 드문 곳이다. 누군가 궁금해 물어보니 인제 천리길을 만드는 사람들이다. 시월 은비령을 걷는 행사를 위해 길을 정비하는 중이라고 한다. 아름다운 산하의 혈맥을 만들고 옛길을 복원하는 이들에게 마음 깊은 곳으로부터 감사의 인사를 건넨다. 필례약수로 내려가는 길은 단풍이 군데군데 형형색색으로 수를 놓았다.

필례약수에 도착했다. 벌써 많은 사람이 물맛을 보기 위해 늘어섰다. 철분이 많고 위장병이나 피부병에 좋다고 알려진 약수다. 기다려 맛본 물맛은 약간 떫었다.

필례의 지명은 주변 지형이 베 짜는 여자인 필녀匹女의 형국이라는데서 유래했다. 또한 피난처라는 뜻도 갖고 있다. 주변의 이름이 진을 친다는 원진개遠鎭介, 군량을 쌓아놓는 군량밭軍糧場, 소나 말을 키우던 쇠물안골牛馬洞, 척후를 보던 망대암望臺岩 등 전쟁과 관련된 이름이 많다.

어째 이 깊은 산중에 어울리지 않는 지명이라 고개를 갸웃했다. 잠시 생각한 끝에 지명의 유래가 왜인지를 알겠다. 바로 신라 마지막 왕태자 마의태자의 이야기 때문이었다. 이곳에 온 태자를 따라 신라의 유민이 모이고 재기를 꿈꾸며 기회를 엿봤다던 전설 때문이 아닐까.

원시림의 아름다운 감동을 전하는 신비의 은비령 세상

필례약수를 나와 필례계곡을 향하는 길은 단풍터널이다. 벌써 반은 붉게 물들어 마음을 이곳에 붙잡아 놓는다. 필례로를 따라 계곡은 우렁차게 소리를 내며 흐른다. 계곡을 따라 흐르는 물은 바위에 부딪치며 하얀 포말로 산산이 부서진다. 계곡에 가지를 드리운 나무는 제 잎의 단풍으로 계곡 물색을 붉게 물들이기 시작한다. 아직은 완전하지 않지만 머지않아 붉음의 세상이 되리라. 필레로를 따라 계곡을 따라 걷다 보니 어느새 은비령의 시간은 멈췄다. 다음에 와서 시간을 이어줘야 한다.

소설로 탄생한 은비령, 필레령은 가상의 공간이었지만 이제는 현실의 공간이 됐다. 은비령을 넘는 동안 원시림의 아름다운 모습은 내내 감동이다. 길에 밟히는 풀섶에도, 아름드리 나무 하나에도 제대로 숨 쉬는 자연의 위대함을 오롯이 간직하고 있다. 집터임을 짐작케 하는 돌무더기, 오랜 기간 이어온 옛길에 서린 선인의 땀도 보았다. 넓고 크다고 항상 옳은 것만은 아니다. 이렇게 면면히 이어온 작은 소로小路에서 더 큰 울림을 보기도 한다. 큰 교훈을 얻는 소중한 길이다.

새벽, 숲이 열리면
변화무쌍한 길이 펼쳐진다

− 강원 오대산 소금강계곡

미명微明이 여명黎明으로 바뀌며 새벽녘 숲이 열리기 시작했다.
드넓은 초지에는 야생 들꽃이 무리를 이뤘다.
나무와 들꽃들이 여명에 다투듯 제 모습을 드러낸다.
옅게 드리운 새벽안개는 나무에 걸려 무수한 전설을 만들어냈을 것이다.

걷는구간	진고개 →노인봉 →낙영폭포 →백운대 →구룡폭포 →식당암 →소금강분소
걷는거리	13.5km
소요시간	6시간
길의특징	노인봉을 넘어 소금강계곡을 따라 걷는 길
난 이 도	중

백두대간에는 진고개가 있다. 강원 평창 병내리와 강릉 연곡면 솔내의 경계에 위치한 1072m의 높은 고개다. 진고개泥峴는 비가 오면 온통 진창이 된다는 뜻에서 이름 지어졌다. 지금이야 길이 잘 나 있어 괜찮지만 예전에는 상황이 달랐다. 길이 매우 안 좋았던 것으로 알려졌다. 비를 잔뜩 머금은 구름이 고개를 넘지 못하고 품고 왔던 비를 쏟고 나서야 비로소 고개를 넘었을 것이란 생각이 든다. 새벽은 숲과 함께 열린다 이번 여정은 노인봉을 경유해 무릉계, 소금강계곡을 따라 걷는 길이다.

동이 채 트지 않은 이른 새벽, 느슨해진 신발 끈을 다잡아 묶는다. 막 가을로 접어드는 탓일까. 새벽 찬 공기는 몸을 움츠리게 한다. 구름이 지나는 길목, 하늘의 별은 구름 속에서 언뜻언뜻 얼굴을 내비친다. 바람은 구름을 거세게 흩뜨리며 그 형체를 자꾸 밀어낸다. 마음은 고요하고 경건하다. 모두가 잠든, 아무도 밟지 않은 새벽의 길을

걷는다는 생각에서다. 캄캄한 새벽, 헤드 랜턴으로 길을 밝히며 진고개로 향한다. 새벽의 시간은 참 빠르게 흐른다. 미명(微明)은 여명(黎明)으로 바뀌고 밝아 오는 새벽녘 숲이 열리기 시작했다. 고위평탄면의 드넓은 초지에는 야생 들꽃이 무리를 이뤘다. 어둠 속에서는 제 빛을 뽐내지 못했던 나무와 들꽃들이 여명에 다투듯 제 모습을 드러낸다. 옅게 드리운 새벽안개는 나무에 걸려 무수한 전설을 만들어냈을 것이다.

고위평탄면의 야생화와 노인봉 저 너머로
동해바다의 은색 향연이 펼쳐지고

노인봉(老人峰·1338m) 정상에 올랐다. 2시간 남짓 걸려 도착한 정상이다. 길에 펼쳐진 수목 사이로 붉디붉은 며느리밥풀꽃과 이름 모를 야생화를 넋 놓고 바라만 본다. 노인봉은 기묘하게 생긴 화강암 봉우리가 우뚝 솟아 있어 멀리서 바라보면 백발노인의 모습과 같다고 붙여진 이름이다.

정상에서 사방을 둘러보니 첩첩산중이고 망망대해다. 태양은 이미 떠올라 일출의 기쁨을 만끽하진 못했지만 동해바다는 햇빛에 반사돼 은색의 향연을 이룬다. 황병산(1407m)은 눈앞에 있는 듯 가깝다. 서쪽 오대산 겹겹한 연봉에서 바람에 실려 온 구름이 운해를 이루며 밀려오다가 노인봉과 황병산 사이의 등허리를 넘실거리며 넘

걷는 자의 기쁨

어오고 있다. 멀리 소황병산이 머리를 내민다. 그 뒤로 대관령의 풍차가 천천히 회전하는 모습이 어렴풋하게 눈에 들어온다.

북으로 설악을 바라보니 첩첩한 산들이 장관을 이뤄 한동안 눈을 뗄 수 없었다. 바람이 차 겉옷을 꺼내 입었다. 한 시간을 더 머물다 정상을 뒤로하고 발걸음을 옮겼다.

자연이 펼쳐내는 기기묘묘한 만 가지 신비한 풍경

노인봉대피소는 남쪽 황병산과 대관령으로 이어지는 백두대간과 동쪽 소금강계곡의 갈림길에 있다. 소금강계곡으로 길을 잡는다. 목적지 소금강 분소까지 약 9km가 남았다. 계곡의 시작인 낙영폭포^{落影}^{瀑布}까지 급경사의 1.7km 내리막 구간이다.

율곡 이이의 「청학산기^{靑鶴山記}」에는 마치 금강산을 축소해놓은 것 같다고 해 소금강^{小金剛}이란 이름을 붙였다. 낙영폭포다. 산에서 내린 천^川들이 모여들어 물줄기가 커지다가 낙영폭포에 이르러서는 마침내 소리를 내지르며 한바탕 물폭탄을 쏟아낸다. 폭포에서 떨어지는 작은 물방울들이 흐트러지며 초상^{肖像}을 만들어낸다. 그래서 낙영폭포인 모양이다. 쏟아져 내린 물은 속도를 더하여 밑으로 내달린다. 사문다지와 광폭포, 삼폭포를 지난다. 낙영폭포에서 4km를 지나니 넓고 평평한 바위가 마치 하얀 구름모양처럼 겹쳐 있다. 백운대^{白雲臺}다. 계곡물은 평평하고 넓게 퍼져 흐르며 구름을 덮듯이 백운대 바위를 타고 넘는다. 그 모양이 마치 구름 위를, 또 다른 구름이 타고 넘는 듯하다. 바위가 구름이고 계곡물 또한 구름이다. 소금강의 변화무쌍함을 제대로 절감한다.

　백운대를 지나면 수량이 풍부한 다양한 형태의 계곡이 펼쳐진다. 계곡을 사이에 두고 우뚝 솟은 절벽이 마주한다. 바위의 생김이 기괴하고 다양한 물체의 모습을 하고 있는 소금강의 만물상^{萬物相}이다. 스님의 모양도 있고 원숭이의 모양도 있다. 삼라만상 모든 자연의 이치와 형상이 숨어 있다. 바위의 모양은 보는 각도에 따라 다양한 군상을 만들어낸다.

<blockquote>
구룡폭포, 낙영폭포, 백운대, 소금강의
진경을 만끽하는 즐거움
</blockquote>

　만물상을 지나 구룡폭포^{九龍瀑布}에 이른다. 지명은 9개의 크고 작은 폭포가 이어져 9마리의 용이 폭포를 하나씩 차지한다는 데서 유래했

다. 직접 볼 수 있는 폭포는 제8폭포와 제9폭포로, 소금강에서 가장 아름다운 곳이다.

낙영폭포에서부터 백운대까지는 인적 없는 소금강을 진경珍景으로 즐길 수 있다. 백운대를 지나면서 인적이 보이기 시작하더니 구룡폭포에 이르러서는 인파가 가득하다. 이곳 구룡폭포까지만 들렀다 돌아가는 가벼운 차림의 등산객이 많아서 항상 사람들로 붐빈다. 소금강 분소에서 출발하면 3km 남짓 되는 거리라 접근하기도 편하고 소금강에서 가장 아름다운 명소이기에 그런 모양이다.

구룡폭포를 지나 식당암食堂岩에 이르렀다. 식당암은 평평하고 넓어서 많은 등산객들이 행장을 풀고 음식을 나누기 좋은 자리이다. 신라의 마지막 왕자인 마의태자가 군사들을 훈련시키고 식사를 하던 곳이란다. 소금강을 찾은 율곡 이이가 이곳에서 식사를 했다고 전해진다. 많은 사람이 모여 앉아 음식을 나눠 먹을 수 있게 넓고 편한 곳이다. 예나 지금이나 식사를 즐기는 너른 마당인 셈이다.

진고개에서 이곳까진 14㎞ 여정이다. 짧지 않은 길이었지만 가을로 접어드는 계곡은 피곤함을 잊게 한다. 예전 봄에 걸었던 이 길과 가을로 접어드는 지금의 이 길은 사뭇 다르다. 계절에 따라 같은 길도 다르게 느껴진다. 가을이 깊이 익어갈 때 붉게 물든 소금강의 단풍과 눈 내린 하얀 소금강을 기다리는 이유다.

오매 단풍 든 저 오색찬
백양사 좀 보소

– 전남 장성 백양사

걷는구간	백양사 →영천굴 →학바위 →상왕봉 →능선사거리 →소운문암 →금강폭포 →백양사
걷는거리	10.5km
소요시간	6시간
길의특징	쌍계루의 단풍을 구경하고 백학봉을 올라 산 능선을 타고 걷는 단풍길
난 이 도	중상

백학봉을 넘으면서 길이 편하고 쉽다.
안개가 걷히기 시작하자 산 가득히 단풍이 눈앞에 펼쳐지기 시작한다.
능선에서 바라본 내장산 너머 첩첩한 산들이 가득하다.

단풍으로 물든 백양사를 찾았다.

매년 10월 중순쯤이면 강원도부터 남도 땅까지 단풍을 따라 다니곤 한다. 같은 장소, 같은 나무에서 보는 단풍도 해마다 다르게 보이니 색의 조화가 신비하고 새롭다.

온 세상이 붉게 물들 때면 전국은 많은 사람들이 줄을 지어 단풍 따라 몰려든다. 이날에도 그랬다. 단풍은 우리나라 최고의 가을 관광상품이다. 그리고 관광객이 많다는 것은 지역경제의 주름을 펴게 하는 것이다. 그러니 단풍길이 좀 막히더라도 마음 한구석이 흐뭇하다.

쌍계루 호수의 비현실적인 신묘한 풍경

가을이 깊어가는 11월 첫 주말 백양사다. 10월 중순 강원도 설악산과 오대산을 지나 남으로 내려오던 단풍이 이곳 백양사에 도착했다. 붉은 단풍 사이로 물들지 않은 단풍도 더러 있다. 지금 백양사는 절정을 향해 치닫고 있다.

채비를 갖추고 천천히 완상하며 길을 나섰다. 갈참나무와 단풍나무가 도열하듯 서 있는 숲길을 따라 오르다 보면 길 왼편으로 저수지다. 온 산을 물들인 단풍은 저수지에 비쳐 묘한 반영反影을 드러낸다. 하늘은 점점 구름이 올라 사방이 어둡다. 햇빛이 있었다면 더 붉고 진했을 터라 아쉽다. 저수지 위로 비스듬히 누운 나뭇가지에선 가득한 단풍잎이 무게를 못 이기고 표표히 낙하한다.

쌍계루雙溪樓다. 백양사를 들어가기 위해선 이 쌍계루를 지난다. 쌍

지금 가을은 외출 중

계루 앞은 계곡을 막아 호수를 만들었다. 멀리서 카메라로 호수 위의 쌍계루를 잡으면 주변 풍광이 조화를 이루며 아름다운 풍경을 연출한다. 단풍과 쌍계루와 쌍계루 뒤 백학봉이 호수에 들어 있어 무엇이 실체^{實體}이고 허상^{虛像}인가. 신묘한 풍경이다.

만추의 호젓한 풍광이 자아내는 평화로운 절 풍광

쌍계루를 지나 백양사^{白羊寺}에 들어선다. 백양사는 원래는 산 이름과 같은 백암사^{白巖寺}였다가 정토사^{淨土寺}로 개명한 뒤 다시 조선에 들어와 현재의 백양사가 되었다. 백양사의 이름에는 양에 얽힌 전설이 있다.

스님의 꿈에 흰 양이 나타나 죄의 업을 다하고 천상으로 돌아간다 하고는 사라졌는데 다음날 백양사 영천굴 아래에는 흰 양이 죽어 있었다. 이후 절 이름을 백양사로 고쳐 부르게 됐다는 것이 백양사 이름의 유래다.

천왕문을 지나 범종각과 대웅전, 향적전, 명부전과 극락보전, 진영각 등 전각을 구경하였다. 뒤의 백학봉이 시위^{侍衛}를 서듯 거대한 위용으로 대웅전을 감쌌다.

백양사를 출발하여 본격 등산을 시작한다.

비자나무 숲을 지나 삼거리다. 왼쪽으로 오르면 운문암이고 오른쪽으론 백학봉으로 바로 오르는 약사암 방향이다. 오르는 길이 가파르다. 지그재그로 된 산길을 400m 오르니 약사암^{藥師庵}이다. 약사암에

이르자 흐리던 하늘에서 비가 쏟아지기 시작한다. 암자 처마에서 비를 피한다. 얼마간 시간이 흐르자 비가 멈췄다. 시야를 넓혀 먼 곳을 바라보니 비구름이 가득하다. 그러나 많이 올 비는 아니고 오락가락하다가 오후쯤 멈춘다니 그나마 다행이다.

　약사암에서 백학봉 방향으로 100m를 더 가니 백양사 전설에 등장하는 양¥이 죽어 있었다던 영천굴靈泉窟이다. 영천굴에 전각을 지었는데 아래층엔 약수가 있고 이층은 동굴과 연결되어 있고 동굴에 부처

님을 모셨다. 다시 비가 내리기 시작한다. 보살님에게 양해를 얻어서 아래층 약수 앞 한쪽에서 싸온 음식을 먹으며 비를 피한다. 잠시 후 비가 그치자 영천샘물을 한 모금 마시고는 다시 출발한다.

가득한 안개 사이로 붉은 단풍이 바람에 나부끼고

엄청 가파르다. 900m 남짓 수직에 가까운 길을 계단에 의지하여 힘겹게 오른다. 앞을 가리는 안개가 가득하고 몸을 날릴 듯 가끔씩 세게 불어오는 바람은 몸을 거칠게 밀어낸다. 안개 사이로 붉은색의 단풍은 센 바람에도 꿋꿋하다. 몸은 천근이라도 된 듯 무겁다. 중력을 온몸으로 느끼며 천천히 백학봉을 오른다.

1시간 남짓 오르니 651m 백학봉白鶴峰이다. 백학봉 정상에 서서 안개에 가렸지만 발 아래를 굽어본다. 저 아래 백양사를 가늠하며 잠시 서 있으니 센 바람에 몸이 춥다. 얼른 몸을 가다듬고 다시 출발한다.

백학봉을 넘으면서 길이 편하고 쉽다. 능선길이라 평지 길을 걷듯 가뿐하니 가볍다. 안개가 걷히기 시작하자 산 가득히 단풍이 눈앞에 펼쳐지기 시작한다. 이걸 보기 위해 힘들게 여기까지 오른 것이다. 능선에서 바라본 내장산 너머 첩첩한 산들이 가득하다.

능선을 따라 가니 갈림길이다. 능선에서 왼쪽으로 내려가면 백양계곡으로 해서 백양사로 내려가는 코스다. 그러나 거리가 짧아서 계속 능선을 따라 진행한다.

구암사 갈림길이 나온다. 구암사 방향이 아닌 상왕봉을 향해 능선 길로 진행한다. 여기서부터 키 작은 조릿대가 기린봉까지 가는 동안 많았다. 조릿대는 허리부위까지 키가 자라 걷는 데 지장을 주지 않고 사삭거리는 소리에 기분이 좋다.

상왕봉 아래로 곱게 물든 단풍숲이 시선을 사로잡아

기린봉을 지나 얼마간 진행하자 길이 백암산의 주봉인 741m의 상왕봉에 도착했다. 사방이 막힘이 없고 주변 산들이 발 아래 널려 있다. 멀리 우로는 내장산^{內藏山}과 좌측으로 입암산^{笠巖山}이 눈에 잡힐 듯 선하다.

사자봉 방향으로 길을 잡고 상왕봉^{上王峰}을 출발했다. 계속 내리막이다. 500m를 진행하니 사거리다. 여기서 오른쪽이면 순창계곡과 장성새재를 가는 길목이다. 이곳은 나중 기회가 닿으면 시도해 보기로 한다. 계속 진행해서 200m만 더 가면 사자봉인데 시간이 많이 되고 몸이 힘들어서 바로 좌측 운문암 방향으로 내려간다.

내려오는 길목에선 아름답게 물든 단풍들이 부는 바람에 쏟아지듯 내리고 있다. 나무 등걸 뒤로 가지에 고개를 내밀 듯 살짝 보이는 단풍잎이 곱다.

2km 남짓 내려오니 차 한 대 다닐만한 길을 만났다. 아마도 운문

암을 다니기 위해 만들어진 길인 모양이다. 운문암을 가기 위해선 산길에 내려 좌회전을 해야 한다. 나는 반대 방향으로 몸을 틀었다. 백양사로 내려가는 방향이다.

차 한 대 겨우 지나갈만한 길목엔 낙엽이 가득 쌓이고 걷는 내 발걸음에 채여 가끔 흩날리곤 한다. 길 따라 백양계곡이 계속 이어져 있다. 내려가는 내내 길 옆 나무에서 낙엽이 풀풀 날리며 떨어져 내린다. 시멘트길은 푹신한 양탄자인 양 낙엽으로 가득하다. 길 따라 계속 내려오니 다시 백양사다.

오전 11시에 등산을 시작해서 오후 5시에 내려오니 산에서 여섯 시간을 지냈다.
아름다운 단풍은 가을을 기억하는 최고의 자연선물이다. 산이 깊어 날이 쉬이 어두워진다. 원점으로 내려와 행장을 수습하고 되돌아가는 길에 벌써 어둠이 내린다.

아름다운 무늬로 남은
바람의 전설

– 충남 보령 신두리 해안사구海岸砂丘

걷는구간	신두리사구센터 →순비기언덕 →해당화동산 →곰솔생태숲 →고라니동산 → 모래언덕→신두리사구센터
걷는거리	5km
소요시간	2시간
길의특징	넓게 펼쳐진 사구와 억새군락, 순비기나무와 해당화를 보며 걷는 생태길
난 이 도	하

태곳적부터 바람은 이렇게 모래를 실어 날랐다.
수많은 시간 동안 바다와 육지 사이에 거대한 중간지대 모래언덕을 만들었다.
기껏 백년의 세월도 못 사는 인간의 시간으로는 가늠할 수가 없을 오랜 동안
이렇게 만들어진 곳이 신두리 해안사구다.

고운 모래를 품은 신두리의 바다는 넓고 푸르렀다. 이따금 바다로부터 불어오는 세찬 바람에 쫓기어 건조해진 해변의 모래는 끊임없이 육지로 밀려갔다. 바람은 모래를 실어 바람 가는대로 무늬를 만들며 그렇게 모래 위를 수놓는다. 아름답다. 무늬를 남긴 바람은 사구를 지나 바람길을 만들며 제 모양을 그려간다. 모래의 등을 타고 넘으면서….

바람의 무늬를 수놓다

태곳적부터 바람은 이렇게 모래를 실어 날랐다. 온 세상이 얼어붙었던 빙하기를 지나면서 바람은 모래를 안고 오기 시작했다. 수많은 시간 동안 바다와 육지 사이에 거대한 중간지대 모래언덕을 만들었다. 기껏 백년의 세월도 못 사는 인간의 시간으로는 세월을 가늠할 수가 없을 오랜 동안 이렇게 만들어진 곳이 바로 신두리 해안사구다.

얼마 전까지 사구 축제를 하여서, 아직도 동화 속의 인물이나 동물 등의 모래조각 흔적이 모래사장에 남아 있었다. 다시 자연으로 돌아갈 모래로 쌓은 군상들이 한동안 나의 눈을 붙잡았다.

사구로 들어선다. 오랜 동안 파도와 바람과 시간이 어우러져 만들어진 모래언덕을 걷는 것은 사막을 걷는 기분이 든다. 길섶 통보리사초, 갯그령, 갯메꽃 등이 모래에 뿌리를 내리고 무성히 자라고 있

다. 쉼터에서 바라보는 바다는 세상의 모든 것을 품은 듯한 기분이다. 습관대로 기분 좋을 때 나도 모르게 흥얼흥얼 노래를 부르고 있다.

은빛으로 흔들리는 모래의 변주곡

걷다 보니 좌우로 바닷가에서 짠물을 뒤집어쓰면서도 잘 자란다는 순비기나무가 지천이다. 덩굴식물 퍼지듯 모래 위를 덮으며 자라니 마치 결박이라도 하듯 모래를 묶어 놓는다. 거센 바닷바람에 모래가 날라가지 않도록 버티게 해주니 이곳 지형엔 그만인 식물이다. 안내도에도 순비기 언덕이라 표시되어 있어 이곳이 군락을 이룬 곳인 모양이다.

순비기 언덕을 벗어나자 통보리 사초와 갯그령, 억새 등이 흐드러

졌다. 햇빛에 반사한 억새와 갯그령 잎사귀는 은빛으로 물들어 장관을 이룬다. 바람이 많이 불어 풀들이 누운 방향이 바람의 방향에 따라 자유롭다.

문득 대만영화 「맹갑Manga」의 한 대사가 생각났다.

"너 그거 아니? 바람이 부는 방향으로 풀들이 쓰러졌다. 젊을 땐 나 자신이 바람인 줄 알았는데 온몸에 상처를 입고서야 나도 그저 풀이었다는 걸 깨달았지."

해당화 향기 따라 바다의 색은 시시각각 바뀌고

해당화海棠花가 가득한 동산을 지났다. 해당화동산은 학암포에서 오는 해변길 1코스 바라길과 만나는 지점에서 우회전을 하며 지난다. 해당화는 염분이 있는 바닷가의 모래밭이나 산기슭에서 잘 자란다. 꽃이 아름답고 특유의 향기가 있어 관상용으로도 많이 재배한다. 6~7월에 꽃이 피는데 아직도 꽃이 보인다. 별일이다.

사구는 억새골과 작은 별똥재를 지나친다. 길섶이 억새로 가득하다. 예전엔 모래만 보였는데 어느새 모래 위를 풀들로 가득하다. 생태계가 살아나는 모양이다. 모래가 유실되고 사구가 점점 줄어드는 현상에서 지금은 강력한 환경정책을 쓰니 모래의 유실도 줄어들고 사구의 제 모습도 살아난다. 걷는 길도 데크로 해서 모래를 밟지 못하게 하였다. 그러니 모래 위로 풀들이 자라났다.

척박한 모래사장에도 강인한 생명으로
빛나는 식물의 자취

곰솔생태숲으로 접어든다. 바닷가에서 자라기 때문에 해송^{海松}이라고도 부른다. 살아가기 척박한 땅인 모래사장에서도 살아가는 강인한 생명력이다. 염분이 있어도 곰솔은 아무렇지 않게 살아간다. 숲은 따가운 햇볕을 막아줘서 볕이 내리쬐는 날에도 시원함을 유지시켜준다. 곰솔숲은 부부나 연인이 데이트하기에도 아주 알맞은 길이다. 곰솔 향과 아름다운 솔숲길은 걷는 이들에게 충분한 힐링을 선사할 것이기에….

고라니동산과 초종용^{草蓗蓉} 군락지를 지났다. 모래언덕이다. 언덕 전망대에 올라 사구를 바라본다. 바람이 조각한 자연의 위대한 건축물이다. 언덕 전망대를 내려와 마지막 출구로 나가기 전 거대한 모

래의 벽을 만났다. 성처럼 높다란 모래가 산처럼 쌓였다. 모래언덕을 등지고 사진을 찍으니 마치 가을에 때 아닌 뜨거운 사하라를 연출했다.

해변길을 걸으며 처음 만났던 신두리 해안사구는 어느새 정이 들어 자주 들르는 곳이 되었다. 올 때마다 변화하는 사구를 보았다. 바람에 따라 모래가 움직이니 미약하게나마 조금씩 변화하는 곳이면서, 사구를 보호하는 시민의식에 점점 사구가 풍성해지는 것 같아 기분이 좋다. 모래언덕의 중요성은 한두 가지가 아니다. 바다와 육지의 중간에서 풍수해를 방지해주는 역할을 해주는 것은 물론 각종 동식물의 보고이기도 한다. 또한 나처럼 걷는 사람에게는 무한한 자유와 평안을 준다.

우리에게 보물과도 같은 이런 자연환경은 보존하고 가꿔야 될 일이다.

가야산,
내가 단풍이 되다

– 경남 합천 가야산 소리길

걷는구간	대장경테마파크→탐방길지원센터→홍류문→농산정→낙화담→해인사→해인사시외버스터미널
걷는거리	9.7km
소요시간	4시간
길의특징	홍류동계곡의 농산정, 칠성대, 낙화담 등 깊은 협곡과 명소를 따라 걷는 길
난 이 도	중하

나화담^{落花潭}이다. 얼마나 아름다웠으면 꽃이 떨어진 못일까.
한 방울씩 떨어지는 물방울도 바위를 뚫는다.
장구한 세월 저리 내리치는 물줄기가 깊은 협곡과 연못을 만들었을 것이다.
못 위로 표표히 떨어진 단풍잎이 울긋불긋하다.

가야산 소리길에 늦가을 정취가 물씬하다. 이 고즈넉한 길은 가야산에서 내려오는 급경사의 홍류동계곡을 따라 해인사까지 이어진다. 가야산은 상왕봉, 칠불봉, 두리봉, 남산 등 1000m 내외의 연봉과 능선이 둘러 있다. 무엇보다 법보종찰 해인사를 품은 산으로 유명하다.

시름 떨치는 정겨운 '소리길'

소리길은 언제라도 맑은 물소리가 아름다운 길이다. 가야산 자락에서 발원해 홍류동계곡을 흐르는 물은 많은 선인의 사연을 품은 소(沼)를 지나고 바위를 휘돌아 나간다. 흐르는 물소리에 세상의 걱정을 잠시 접어둔다. 단풍과 물소리에 흠뻑 빠지는 길이다.

대장경테마파크에서 각사교를 건너면 소리길 입구다. 늦가을, 깊

지금 가을은 외출 중

은 산의 아침은 쌀쌀하다. 다리에 서면 가야천과 멀리 그림처럼 펼쳐진 가야산이 잡힌다. 산 주변은 온통 물감을 들인 것처럼 붉게 채색됐다. 단풍으로 물든 것이다.

길은 통나무 두 그루를 맞대어 대문 모양으로 세운 입구를 통과하면서 시작한다. 붉게 물든 단풍을 만나려면 더 올라야 한다. 계곡과 나란히 한 평지 길을 걸어 갱멱원更覓源과 축화천逐花川을 지난다. 둘 다 화강암으로 둘러싸인 계곡의 작은 소沼다. 또 물이 깊고 경치가 좋다는 공통점이 있다. 갱멱원은 무릉도원을 상상하며 가야산을 바라보는 곳이라 한다. 상상이 넘치는 선인들의 작명법이 재미있다.

소리길, 이름마저 붉은 홍류동

2.2㎞를 걸어 가야산 소리길 탐방지원센터에 도착했다. 무릉도원으로 들어간다는 무릉교武陵橋를 지나면 본격적인 숲길이다. 여기서부터 붉은 단풍과 계곡을 더 가까이 접할 수 있다. 선인들이 무릉교라 명명한 것도 그런 연유에서이겠다. 내리쬐던 햇볕은 자취를 감추고 선선한 기온에 마음이 청량해진다.

　살갗을 간지르는 바람에 홍엽은 계곡물로 산산이 낙하한다. 첩첩이 둘러싼 바위 틈새로 거칠게 때론 부드럽게 물을 쏟아내며 홍엽을 밀어낸다. 이른 봄에는 붉은 꽃으로, 늦가을에는 단풍으로 계곡은 온통 붉다. 이름마저 물에 비친 단풍에 온통 붉게 물들었다고 홍류동紅流洞이다.

고운, 농산정에서 자연과 벗하다

　소슬바람에 낙엽이 진다. 겨우내 앙상하던 나뭇가지는 이른 봄날 파릇파릇한 잎을 낸다. 한여름 온갖 비바람을 견디다가 늦가을에 가장 화려하게 치장을 한다. 나고 죽음이 같은 이치이질 않겠는가. 홍엽이 길을 아름답게 수놓는다.

　북두칠성에 향을 올린다는 칠성대^{七星臺}다. 향을 올리고 제사를 지내
는 칠성신앙은 행운과 몸을 지켜주는 효험이 있다고 믿었다. 아마도
이 칠성대가 그런 역할을 했으리라. 어릴 적 고향집 마당에서 모깃
불을 피워놓고 하늘의 북두칠성을 바라보며 온갖 상상을 펼쳤을 때
가 떠오른다. 비스듬히 누워 있는 와불이 반긴다. 가장 편하게 부담
스럽지 않은 모습으로 길손을 반겨주는 친근한 모습이어서 한동안
눈을 떼지 못한다.

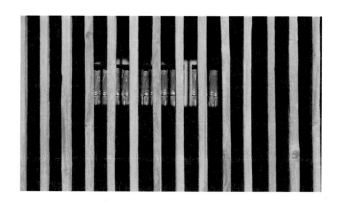

지금 가을은 외출 중

해인사 일주문인 홍류문을 지나 400m를 가니 농산정籠山亭이다. 최치원이 말년에 세상을 멀리하고 이곳에 들어 은거하며 살던 곳이다. 정자 건너편에 제시석題時石에 새겨진 그의 시 '세상의 시비가 귀에 들릴까 봐, 짐짓 흐르는 물소리로 산을 다 둘렀네'常恐是非聲到耳 故敎流水盡籠山에서 '농산籠山'을 따와 조선의 후학들이 정자 이름을 지었다.

고운 최치원의 눈으로 홍류동계곡과 단풍을 바라보는 상상에 빠져본다. 단풍은 나무에 걸린 게 진짜인지 아니면 홍류동 저 맑은 물에 비친 게 진짜인지 헷갈린다.

꽃이 떨어진 못에서 가을의 절창을 보다

농산정을 지나며 무성한 나무들 사이로 하늘색은 푸르다 못해 깊은 연못을 닮았다. 언뜻언뜻 비치다가도 환히 열려 마음을 시원하게 해준다. 광풍뢰光風瀨와 취적봉吹笛峰, 음풍뢰吟風瀨는 우거진 나무에 가려 제대로 보여주지 않는다.

궁금해서 숲을 헤치고 들어가 보고도 싶다. 하지만 나뭇가지와 잎 사이로 보여주는 것으로 만족한다. 달빛에 잠겨 있는 연못이라는 제

월담霽月潭은 눈부시다. 햇볕에 반사된 빛이 한밤의 달을 대신한 모양
이다.

낙화담落花潭이다. 얼마나 아름다웠으면 꽃이 떨어진 못일까. 오늘
걷는 소리길 중 가장 경치가 빼어난 곳이다. 가야천 물과 협곡이 함
께 빚어낸 최고의 절경이다. 한 방울씩 떨어지는 물방울도 바위를
뚫는다. 장구한 세월 저리 내리치는 물줄기가 깊은 협곡과 연못을
만들었을 것이다. 못 위로 표표히 떨어진 단풍잎이 울긋불긋하다.

낙화담落花潭

— 최동식

어젯밤 풍우에 골짜기가 요란하더니

風雨前宵鬪澗阿, 풍우전소투간아

못 가득 흐르는 물에 낙화가 많아라

滿潭流水落花多, 만담유수낙화다

도인도 오히려 정의 뿌리 남아 있어

道人猶有情根在, 도인유정근재

두 눈에 흐르는 눈물은 푸른 물결 더하네

雙淚涓涓添綠波, 쌍누연연첨록파

겨울이

온통 시가 될까봐

눈꽃길에 새겨진
바람의 무늬

– 강원 강릉 대관령 눈꽃마을길

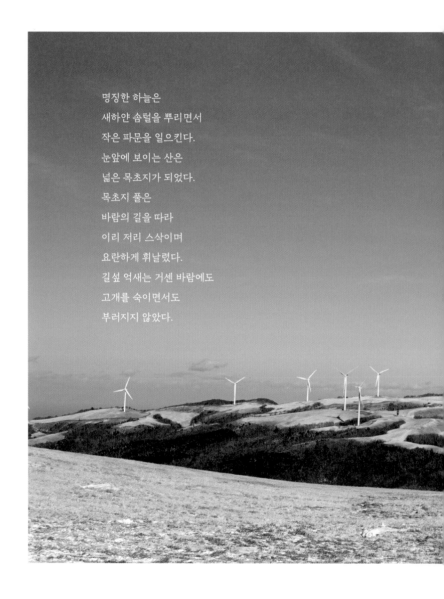

명징한 하늘은
새하얀 솜털을 뿌리면서
작은 파문을 일으킨다.
눈앞에 보이는 산은
넓은 목초지가 되었다.
목초지 풀은
바람의 길을 따라
이리 저리 스삭이며
요란하게 휘날렸다.
길섶 억새는 거센 바람에도
고개를 숙이면서도
부러지지 않았다.

걷는구간	황병산사냥민속놀이보존회→영화세트장→사파리목장전망대→
	1100m 풍차→대관령사파리목장→황병산사냥민속놀이보존회
걷는거리	15km
소요시간	6시간
길의특징	목장길을 따라 걷는 눈꽃길 트레킹
난 이 도	중상

대관령 바람은….

동해바다를 건너 강릉을 지나 대관령大關嶺을 넘어 바다에서 육지로 거센 풍랑을 타고 왔을 게다.

대관령은 횡계에서 강릉을 넘어가는 태백산맥의 대표적인 큰 고개이다. 대관령은 영남과 영동, 영서를 가르는 기점이 되기도 한다.

예전 조선 중종 때 강원도 관찰사였던 고형산高荊山이 수레를 이용해 비좁고 험한 길을 넓게 닦아서 강릉에서 한양 가는 길이 아주 편해졌다. 그러나 역사는 아이러니하게도 그로 인해 조선 인조 때 묘가 파헤쳐져 부관참시를 당하게 되었다. 병자호란 때 한양 땅이 넓힌 도로 때문에 빨리 정복을 당했다는 이유에서였다.

이러한 역사를 가진 대관령은 1970년대 목장으로 개발되기 이전까지만 해도 지금과는 많이 달랐다. 산이 험하고 깊어서 잡목과 원시림이 우거진 척박한 곳이었다. 삼양이 목장을 개발하면서부터 바뀌기 시작하였고, 벌써 50년이 지났다.

맨 나중에 눈이 녹는 곳 차항리

대관령의 서쪽에 위치한 차항리는 가장 먼저 눈이 내리고 맨 나중에 눈이 녹는 추운 곳이다. 내가 걸을 곳이 바로 차항리다. 올 들어 가장 추운 날 가장 추운 곳을 걷게 되었다.

길은 '황병산 사냥민속놀이 보존회'에서부터 시작했다. 무형문화제 19호로 지정된 황병산 사냥민속놀이는 1m 이상 눈이 쌓여야만

거울이 온통 시가 될까봐

즐길 수 있는 겨울철 놀이기에 차항리의 이름이 눈꽃마을이란 것이
실감이 난다. 체감온도가 영하 20도가 넘는 강추위에 눈만 빼꼼 내
놓고 완전무장을 했다. 도반이 옆에서 꼭 곰 같다고 놀려대며 웃는
다. 너무 껴입어서 몸의 움직임이 자유롭지 못해 느끼기에도 공감이
갔다.

거울이 온통 시기 될까봐

풍차 품은 너른 언덕이 자아내는 서늘한 겨울이야기

눈꽃마을 사람들이 돌로 쌓은 소원탑을 뒤로하고 잠시 오르다보
면 영화세트장이다. 처음엔 부대인 줄 알았다가 〈마지막 위안부〉 촬
영 세트장임을 알았다.

삼십여 분을 올라 능선길이다. 된바람은 맹렬히 내 몸을 훑는다.

이토록 차고 거센 바람은 참 오랜만이다. 겹겹이 입은 옷 틈으로 밀려들어오는 냉기에 다시 옷깃을 여몄다.

　너무 추워 날카로운 것으로 찌르는 듯한 통증도 느꼈지만 그것도 잠시 조금 있으니 아주 무감각해졌다. 전혀 추위를 느낄 거를이 없었다. 춥다고 느끼기에는 시리도록 푸른 하늘이, 풍차를 품은 너른 언덕이, 바람에 고개를 숙이는 풀들이 아름다웠다.

거울이 온통 시가 될까봐

산을 타고 넘어온 바람에 수십 기가 넘는 풍차가 도는 풍경은 푸른 하늘을 배경삼아 장관을 연출했다.

대관령의 매서운 추위는 성난 것처럼 뾰족이 고추선 역고드름을 만들었다. 능선 길 내내 발에 밟히며, 우두둑 산산이 부서졌다.

사파리목장 전망대에 도착한다.

동해 먼 바다에서 파도에 실려 온 바람은 대관령을 넘으며 더 세게 불어와 길을 방해하지만 즐겁고 청량하기까지 하다. 문득 맵찬 바람에서 바다를 느껴본다.

"야! 이렇게 추운 데도 전혀 춥지가 않아. 기막힌 날씨야. 멀리 조그마한 풀도 결이 보이잖아."

같이 길을 나선 도반은 연신 감탄하면서 꽁꽁 언 길에 말을 토해낸다.

시퍼렇게 깊은 하늘과 하얀 솜털구름이 극명한 대조를 이루면서 더 투명한 날로 만든다. 풍광이 아름다워서 카메라를 들이대면 다 예술사진이 되는 보기 드문 날이다.

인적 없는 산길을 홀로 걷는 이유는

사파리목장을 지나는데 경고 문구가 긴장을 하게 만든다. 구제역 때문에 목장 출입을 금한다는 문구다. 일 년 전에도 붙어 있던 것이어서 지금은 괜찮을 텐데도 저리 경고 문구를 붙여 놓은 걸 보면 사람들 출입이 귀찮은 탓이리라.

나는 목장으로 들어가지 않고 목장 산을 오르기 시작한다. 사파리 목장이 고도가 950m이니 오늘 가장 높은 곳에 위치한 풍차를 보기 위해서는 150m를 더 올라가야 한다. 가파르지는 않으나 오르막이라 조금은 힘들다. 길을 시작하면서부터 내내 황병산을 바라보면서 걸었다. 청명한 날씨라 아주 가깝게 눈앞에 와 있다.

1,100m 고도에 있는 풍차를 기점으로 돌아오면 황병산을 등 뒤로 두고 걷게 된다. 아침부터 시원찮던 무릎이 여지없이 고통을 호소한다. 찬바람은 매정하게 계속 내 등을 떠민다. 잠시라도 쉬면 땀이 식어 여지없이 길을 재촉한다.

겨울이 온통 시가 될까봐

대관령을 키운 건 팔할이 바람이다

풍차는 쉬잉- 쉬잉- 요란한 소리를 내며 돌아가고 있다. 풍차가 돌아가는 모습을 보다가 거대한 풍차의 날개가 내 위를 내려오면 현기증을 느끼며 이내 눈을 감는다. 괜히 가슴도 서늘해진다. 바람은 절정을 이루며 사정없이 나를 휘갈긴다. 두 겹으로 눈만 내놓고 얼굴을 감쌌는데도 얼굴도 시리고 손도 감각이 무뎌진다. 몸서리쳐지게 춥다. 그러나 행복하다. 세상의 모든 것을 다 가진 것처럼 이곳에서 계속 머물고 싶은 충동이 인다. 그러나 현실은 몸이 꽁꽁 어는 강추위라 잠시라도 멈추지 말고 부단히 움직여야 한다. 체감온도는 영하 25도 쯤으로 느껴진다. 올 들어 처음 맞이하는 강추위다. 해는 짧아져서 다섯 시가 되면 어둠이 내려올 것이다. 지금부터 서둘러도 다섯 시에 임박해서 하산할 것 같다. 아쉬운 마음을 뒤로하고 하산을 시작한다.

대관령은 예로부터 바람이 많고 기온도 낮다. 그래서 한겨울 황태를 말리는 덕장이 유명하다. 시래기 또한 유명하다. 다 바람 때문이다.

"갑오년이라든가 바다에 나가서는 돌아오지 않는다 하는
외할아버지의 숱 많은 머리털과
그 커다란 눈이 나는 닮았다 한다.
스물 세 해 동안 나를 키운 건 팔할八割이 바람이다."

미당 선생의 「자화상」 한 구절이 자연스레 떠오르는 대단한 바람이다. 올 들어 가장 강한 강추위에다 바람까지 요란하게 불었으니 마땅히 오르지 말고 편안히 집안에서 쉬는 것을 생각하는 사람도 있겠지만 이럴 때 걷는 것 또한 멋진 일임을 알기에 나는 오늘도 길을 나선다.

우리 모두
자작나무다

– 강원 인제 원대리 자작나무 숲

비탈을 돌자 자작나무 숲이 눈에 가득 들어온다.
하얀 나무 벽을 만난 듯 숲을 빼곡하게 메운다.
온 천지는 눈으로 쌓인 듯 하얀 순백의 세계다.

겨울, 북방의 숲이 전하는 순수

자작나무는 순 우리말이다. 기름기가 풍부한 자작나무가 불에 타면서 나오는 소리의 의성어인 '자작자작'에서 따온 이름이다. 한자로는 백화^{白樺}로 흰 백^白에다 자작나무 화^樺를 쓴다.

추운지방에서 자라는 자작나무는 남방한계선이 북한에 있다. 따라서 식생대는 북한의 추운 산간지방과 만주 벌판, 시베리아와 북유럽에 걸쳐 있다. 강원도 인제읍 원대리 자작나무 숲은 자연적으로 자란 것이 아니다. 남방한계선을 넘어와 숲이 조성된 곳은 원대리가 처음이다. 이후 바로 옆 수산리에도 조성됐다.

원대리의 원래 주인은 우리나라 어디서나 볼 수 있는 소나무였다. 재선충으로 인해 소나무가 말라 죽자 모두 베어냈다. 그 자리에 빨리 자라는 자작나무를 심으면서 오늘의 자작나무 숲을 이룬 것이다.

원대리 자작나무 숲은 1974~1995년까지 20여 년에 걸쳐 자작나무 70여만 그루를 조림해 만들어졌다. 대부분 30년을 넘어서면서 나무의 키가 2~30m에 달하는 순백의 숲이 만들어졌다. 하얀 자작나무가 무리를 지어 빼곡하게 하늘을 향해 쭉쭉 뻗어 올라간 모습을 보면, 또 다른 세상의 공간으로 들어가는 것처럼 한없이 빠져든다.

외고개, 자작나무 숲에 들어서다

자작나무 숲에 들어가는 입구는 원대리와 남전리를 잇는 외고개에 있다. 하얀 눈을 기대했지만 올 겨울은 유난히 기온이 높고 눈은 박하다. 며칠 전 내린 눈에 혹여 기대를 해보지만 눈은 이미 녹아 살짝 겉치레만 한다. 그렇지만 몇 겹 껴입은 옷 속으로 추운 바람이 파고드는 걸 보니 겨울은 역시 겨울이다.

　자작나무 숲길의 시작점엔 숲길 안내소가 있어 오전 9시가 되어야 출입을 허용한다. 두 갈래 길 중 윗길인 원정임도를 타고 오르기 시작한다. 임도 우측으로는 자작나무 숲길 등산코스가 있지만 겨울이

겨울이 온통 시가 될까봐

라 미끄러워 안전을 위해 출입을 금지했다. 등산로로 오르는 것은 내년 봄을 기약한다.

　길에 듬성듬성 보이는 자작나무가 햇볕에 하얀 몸을 드러내며 객을 반긴다. 아직 본격적인 자작나무 숲이 아닌데 몸은 벌써 앞을 달린다. 서두르지 않아도 되는데 마음은 벌써 자작나무 숲으로 달려가며 괜히 발걸음이 빨라진다. 계속 오르막이라 옷 속은 벌써 땀으로 찬다. 허물 벗듯 하나씩 윗옷을 벗으니 몸이 단출해진다. 몇 개의 작은 전망대와 나무의자가 탐방객들의 발걸음을 잡아당긴다.

거울이 온통 시기 될까뵈

자작나무 숲에 들다

좌측으로 보이는 자작나무 진입로에 들어선다. 산허리를 둘러가며 자작나무 숲을 향해 걷는다. 비탈을 돌자 자작나무 숲이 눈에 가득 들어온다. 하얀 나무 벽을 만난 듯 숲을 빼곡하게 메운다. 눈이 내

리진 않았지만 온 천지는 눈으로 쌓인 듯 하얀 순백의 세계다.

자작나무의 하얀 수피樹皮는 허물 벗듯 여러 겹으로 벗겨진다. 그래서일까, 자작나무의 영어 이름 버취Birch의 어원이 '글을 쓰는 나무 껍데기'란 뜻이다. 예전엔 이 자작나무 껍질에 종이 대용 삼아 글을 썼음을 알 수 있다.

걷는 자의 기쁨

또한 나무껍질에는 기름기가 많아서 이것을 둘둘 말면 등燈이 되어 밤을 밝혔다. 그래서 촛불을 밝힌다는 뜻이 화촉樺燭이고, 한자는 다르지만 결혼할 때 '화촉華燭'도 이 자작나무에서 비롯했다.

한참을 자작나무에 빠져 바라보다보니 특이한 모습이 보인다. 모든 나무들마다 하얀 수피에 눈썹 모양과 팔八자 모양의 흔적을 하고 있다. 가지의 흔적이 독특한 그림으로 표현된다. 산수화모양도 있다. 주의를 기울이지 않을 땐 보이지 않는 것들이다.

나무들 사이로 사람들의 모습이 들락날락한다. 그것마저 자작나무의 일부인 양 숲과 어울려 하나가 된다. 몰지각한 방문객들의 낙서가 마음의 평안을 깨뜨린다. 자연을 즐기는 사람들은 다른 이들도 배려해야 한다. 숲은 괴롭히지 않고 같이 즐기는 모습을 보일 때 더 아름답다.

길을 원대리 회동마을 길로 잡고 임도를 걷는다. 가을이면 야생화로 뒤덮히는 길이다. 겨울엔 오히려 쓸쓸한 적막이 좋다. 새로 개설된 '인제 천리길'의 표지가 보인다. 내가 걷는 길과 겹치는 길인 모양이다. 인제 천리길은 왼쪽으로 접어들면서 갈라진다.

기억의 저편, 회동분교

아랫길 회동분교로 향한다. 길 한 켠 벌목된 나무가 말라서 아무렇게나 놓인 모습이 겨울의 모습과 묘한 조화를 이룬다. 새라도 지저귈 법 한데 이따금 바람 소리만 소소할 뿐 회동분교로 향하는 숲길은 천지간에 오로지 나만이 존재하는 것처럼 고요하다.

　'원대국민학교 회동분교'란 현판이 붙은 회동분교에 도착했다. 초등학교란 명칭을 쓰지 않은 걸 보니 세월이 느껴진다. 시커먼 판자로 가건물마냥 지어진 분교는 소래포구에서 보았던 소금창고와 모양이 닮았다. 1993년에 폐교되었다 하니 27년의 세월이 흘렀다. 이

만한 시간이 흘렀음에도 아직 그때의 흔적을 지니고 있는 것은 아마
도 이 분교를 나온 동네 분의 수고가 아닐까 싶다. 이곳 회동에는 한
참 때는 50여 가구가 살았고, 까까머리 학생들이 재잘대며 뛰어 놀
았을 곳이다. 지금은 목조 건물만이 덩그러니 쓸쓸하다. 교실에는
작은 의자와 칠판, 풍금만이 그때 그 시절을 추억케 한다.

우리 모두 자작나무다

회동분교를 뒤로하고 숲길을 이어간다. 간혹 마을 사람들이 다녔
을 숲길 임도는 계곡이 넘쳐 길을 가로지르기를 여러 번 한다. 계곡
을 흐르는 물은 얼음꽃을 피운다. 계곡을 따라 작은 물을 건너고 아
름다운 임도를 지루한 줄 모르고 걷다 보면 어느새 원대리 마을회관
앞이다.

지난해 이도백하二道白河에서 백두산을 오르기 위해 서파로 가는 중
에 펼쳐신 사삭나무 숲을 보았다. 광활한 땅에 펼쳐진 자작나무는
여태껏 경험하지 못한 새로운 세계로 이끌었다. 차창 밖 자작나무

숲 사이로 난 길을 따라 무작정 걷고 싶은 충동이 일었다. 원대리 자작나무 숲은 그때의 기억을 떠오르게 했다.

자작나무는 100년을 사는 동안 북방의 추운 시간을 건디며 사람에게 많은 것을 남겼다. 나에게처럼 사람들 저마다 제각각 아름다운 기억을 나누어줬다. 또한 아낌없이 베풀고 사라졌다. 시인 백석은 자작나무의 고마움을 백화白樺란 시로 남겼다. 나의 마음도 이 시에 실어 보낸다.

백화白樺

— 백석

산골집은 대들보도 기둥도 문살도 자작나무다
밤이면 캥캥 여우가 우는 산도 자작나무다
그 맛있는 모밀국수를 삶는 장작도 자작나무다
그리고 감로같이 단샘이 솟는 박우물도 자작나무다
산 너머는 평안도 땅도 뵈인다는 이 산골은 온통 자작나무다

얼음꽃
세상을 품다

\- 강원 평창 태기산

걷는구간	무이쉼터→전망대→태기산정상→태기분교→
	태기산성터→ 전망대→무이쉼터
걷는거리	13.5km
소요시간	5시간
길의특징	태기산 상고대와 눈꽃을 보는 겨울트레킹의 진수
난 이 도	중

몸서리치는 매서운 칼바람에 피어나는 아름다운 얼음꽃.
상고대 빙화는 강인하고 명징한 멋이 있다.
햇살 내릴 때 반짝이다 화려한 생을 마감하는 상고대.
겨울이 연출하는 최고의 미학이다.

찬바람에 핀 빙화氷花, 짧은 일생 치명적인 순백미

태기산은 겨울에 매력을 더한다. 설경과 상고대가 아름답기 때문이다.

태기산泰岐山(1261m)은 강원 횡성 둔내면과 평창 봉평면의 경계를 짓는다. 산에 깃든 얘기도 있다. 진한의 마지막 군주 태기왕의 슬픈 전설이 전해온다. 이번 겨울, 눈다운 눈을 보지 못해 눈꽃 대신 상고대를 만나러 태기산을 찾았다.

이른 새벽, 횡성군 둔내면 6번 국도에서 경강로로 접어들어 구불구불 산으로 올라간다. 오를수록 길 가장자리엔 전에 내린 눈이 녹지 않았다. 고도가 대관령보다 높은 해발 980m의 무이쉼터에 도착

했다. 이곳은 횡성의 둔내에서 평창의 봉평으로 넘어가는 태기산의
고갯마루 '양구두미재'다.

겨울이 온통 시가 될까봐

머리와 꼬리가 만나는 절묘한 산세, 양구두미재

양구두미兩邱頭尾는 '한쪽은 머리고 한쪽은 꼬리가 되는 두 곳이 만나는 고개'라는 재미있는 이름이다. 아마도 횡성과 평창의 끝과 시작이 되는 두 군의 경계라는 뜻인 듯 싶다. 비둘기 구鳩자를 넣어 양구두미兩鳩頭尾로 달리 쓰기도 한다. 이장하려 묘를 파자 비둘기 두 마리가 날아갔다는 유래에서다.

동도 트지 않은 새벽인데도 차가 가득하다. 아마도 하루 전에 올라가 비박한 사람들인 듯 싶다. 예전에는 정상까지 차가 갈 수 있었으나 지금은 차를 통제하여 걸어서만 다닐 수 있다.

차단봉을 지나 태기산 정상으로 향한다. 녹지 않은 눈이 연신 '뽀드득 뽀드득' 발에 밟힌다. 무이쉼터에서 정상 가는 길은 차가 다닐 수 있는 도로다. 날이 밝아오면서 조금씩 산의 모습이 드러난다. 풍

력발전기들이 줄지어 서서 바람개비처럼 돌고 있다. 날개는 '위이잉
위이잉' 소리를 내며 도는데 그 곁을 지나면 괜히 가슴이 쿵 내려앉
는다.

정상 갈림길이다. 우측으로 오르는 정상 등산로를 피해 좌측 임도로 길을 잇는다. 산의 기후는 변화무쌍하다. 맑다가도 어느 순간 안개로 가득하다. 안개는 산과 길을 가린다. 잠시 후 안개가 걷히면서 산은 수묵화처럼 자태를 드러낸다. 정상이 가까워지자 나뭇가지에 앉은 상고대가 보이기 시작한다.

수분을 머금은 안개구름이 영하의 기온에 나뭇가지 가지마다 걸려 순백의 세계를 창조한다. 점점 현실을 벗어난 백색의 세계로 접어 들어간다.

아, 상고대! 정상에 펼쳐진 얼음꽃 세상

태기산 정상이다. 가리왕산, 청옥산, 대미산, 청태산, 함백산, 태백산, 두위봉 등 첩첩이 둘러싼 산들이 파도치듯 일렁이며 밀려들어온다. 시성 두보^{杜甫}가 태산^{泰山}에 올라 '뭇 산이 작은 것을 한눈에 굽어보리라^{一覽衆山小}'라고 외친 마음이 이와 같았으리라.

정상의 군부대 철책을 돌아가자 피안^{彼岸}의 세계가 파노라마처럼 펼쳐진다. 수분을 머금은 안개구름이 산중을 떠돌며 이 나무 저 나뭇가지에 앉았다가 추운 밤을 지나며 탄생한 찬란한 순백의 상고대다. 날이 춥고 바람이 강할수록 빙화^{氷花}는 아름답다.

몸서리치는 매서운 칼바람에 피어나는 아름다운 얼음꽃. 상고대 빙화는 같은 순백의 세계이지만 눈꽃과는 다른 강인하고 명징한 멋이 있다. 햇살이 내릴 때 반짝이다가 화려한 일생을 마감하기 때문에 상고대는 겨울이 연출하는 최고의 미학이다.

차디찬 겨울, 산이 보듬은 태기왕의 사연

　정상에서 길을 되돌려 다시 태기산 국가생태탐방로를 찾았다. 예전 하늘 아래 첫 학교라는 태기분교가 있던 자리이다. 이곳에서 출발하는 길은 태기왕의 전설을 만나는 구간이다. 차디찬 겨울, 태기왕을 찾아가는 길은 눈으로 가득하다.

　태기산성泰岐山城에 도착했다. 남아 있는 30m의 성곽의 모습으로 옛 모습을 어렴풋이 구성해본다. 태기왕 시절에는 1800m였다고 한다. 성의 흔적만이 조금 남은 태기산성을 바라보며 태기산의 유래가 된 태기왕을 생각한다. 신라에 밀려 북쪽으로 쫓기다가 이곳에서 산성을 쌓고 마지막 항전을 한 왕이다. 이곳에서 패한 뒤 북쪽으로 더 올라갔다가 결국 멸했다. 나라의 마지막을 지켜보는 왕의 마음은 얼마나 처절했을까. 또 백성들을 이끌고 신라군에 쫓겨 다니는 신세는

걷는 자의 기쁨

오죽했을까.

애잔한 태기산성을 보면서 진한의 군주였던 태기왕의 슬픔을 절절히 느낀 태기왕전설길을 마치고 뒤돌아 청정체험길로 접어든다. 오후가 되니 날이 풀려 눈길이 녹기 시작한다. 청정체험길의 종점을 1km 앞두고 가파른 등산로를 오른다. 가파른 나무계단이 이어지는데 기다시피 오르기 시작한다. 지금껏 편한 길을 걷다가 가파른 오름을 만났다. 제대로 등산을 하는 셈이다. 그렇게 힘들여 오른 끝에 정상 갈림길에 다시 도착했다.

새벽에 보았던 눈길은 어느새 녹아가고 있다. 미명의 새벽에 윙윙 소리를 내며 상상의 무서움을 안겨주었던 풍력발전기의 바람개비도 이제는 편안하다.

하루가 고단했음을 몸에서 반응한다. 씩씩하던 아침의 발걸음은 16km를 걷는 동안 조금은 무뎌졌다.

따뜻한 밥 생각에 마음은 서둘러 양구두미고개에 이른다.

세상 시름 잊고
한나절 쉬어가는 곳

– 강원 영월 동강 어라연

깎아내린 절벽 아래 상선암, 중선암, 하선암이 거센 물살을 받으며 우뚝 서 있다.
신선들이 시간가는 줄 모르고 노닐었을 법하다.
햇빛에 비친 강물은 넘실대며 빛을 굴절시키며 은빛으로 반짝거린다.
빙점의 경계에서 얼기 시작한 얼음의 결정이 아름답게 빛에 반사되어 신비롭기까지 하다.

걷는구간	거운분교→삼거리→앞골재→잣봉→어라연 →전산옥주막터→삼거리→거운분교문
걷는거리	10.5km
소요시간	4시간
길의특징	잣봉에 올라 동강이 흐르는 것을 보며 걷다가 어라연으로 내려와 동강과 같이 걷는 길
난 이 도	중상

영하 10도가 넘는 수은주가 사람들 발걸음도 묶어놓은 모양이다. 여름이면 북적였을 영월 시외버스터미널에 빈 택시들이 줄을 서 손님을 맞고 있다. 국밥 한 그릇에 따뜻하게 언 몸을 녹이고 오늘의 출발지인 동강탐방소로 향한다.

이곳은 잘 알려진 대로 정선아리랑의 고장이다. 정선아리랑의 소절 중엔 "눈물로 사귄 정은 오래 가지만 금전으로 사귄 정은 잠깐이라며 이곳에선 돈 걱정 말고 놀다 가라"는 내용이 들어 있다. 이곳에 와서 만큼은 잠시나마 돈 걱정, 경제 걱정 내려놓고 뛰어난 경관을 즐기라는 뜻이 담겨 있으리라. 이 노랫말은 과장이 아니다. 겨울 어라연의 아름다운 경치는 이곳의 숨어 있는 또 다른 '관광상품'이다.

어라연, 만지고개 길따라 눈 자국을 남기며

　출발지인 봉래초교 거운분교 앞이다. 아침 내내 산발로 내리던 눈발은 어라연 가는 길을 하얗게 덮으며 쌓여갔다. 추운 기온에 곱은 손을 움직여 채비를 단단히 하고 길을 출발했다. 건조한 눈은 바람이 불 때마다 살짝 먼지처럼 들썩인다. 조금 쌓인 눈길이 더 미끄러웠다.

　눈 위에 자국을 남기며 800m를 오르니 잣봉, 만지 갈림길이다. 오른쪽으로 가면 어라연으로 가고, 왼쪽으로 오르면 잣봉이다.

　잣봉 오르는 길은 쉽게 내어주질 않았다. 가파른 길을 숨을 몰아쉬

겨울이 온통 시가 될까봐

며 오르기 시작한다. 앞골재를 넘고 작은 마을을 지난다. 잠시 편안히 이어지던 길은 나무계단의 급경사를 만난다. 이곳만 오르면 능선 길인 만지滿池고개다.

만지고개를 오르면 동서로 길게 늘어진 동강을 보리라는 생각에 뻐근해진 다리를 끌고 계단을 힘겹게 오른다. 찬바람에 살을 에는 듯한 고통도 마다 않고 가쁜 숨을 내쉬며 오른다. 오르다 잠시 멈춰 쉴라치면 나무들 사이를 비집고 불어오는 찬바람에 잠시도 서 있을 수가 없다.

강은 산을 휘돌아 다른 강으로 몸을 섞고

만지고개 능선에 올랐다. 산 아래 굽이굽이 흐르는 동강은 마치 용의 승천과도 같았다. 우리네 할아버지의 할아버지 대부터 이어온 수많은 이야기들을 담고서 강은 그렇게 용 울음을 울리며 세차게 흘러간다.

동강은 태백의 검룡소儉龍沼에서 출발하여 아우라지에서 송천과 합류한 뒤 정선에서 오대천五臺川을 만나 거대한 맥을 이루며 흘러온 물줄기이다. 동강은 영월에서 서강을 만나 남한강이 되어 흐르다 마침내 한강이 되어 서울을 지나니 우리가 살아온 수천 년의 세월이 같이 흘러온 것이다.

전망대를 지나 537m 잣봉에 도달했다. 잣봉에서 바라보는 어라연은 천하에 이런 경치가 없다. 우리나라에 이토록 아름다운 절창이 이곳에 또 하나 숨어 있다. 넘실대며 내려오던 동강이 잣봉 아래 어

라연을 휘돌아간다.

멀리서 바라보는 어라연魚羅淵은 물속 조화가 많은 물고기 떼가 강물에서 유영하며 놀 때 물고기들의 비늘이 마치 비단 같이 빛이 난다고 해서 붙여진 이름이다. 표현이 문학적이어서 되새겨보며 음미해본다.

산발로 내리던 눈은 바람을 만나 아래서부터 위로 오르는 장관을 연출한다. 날이 추워 여유롭게 구경할 수가 없다. 길을 재촉해 어라연으로 내려간다. 길이 수직처럼 깎아 지른다. 눈길에 가파른 길을 더듬으며 내려오니 아이젠을 했어도 불안하기만 하다. 난간처럼 이어진 밧줄을 잡으며 조심조심 내려온다.

어라연, 겨울 강은 꽁꽁 언 은색 설국이다

어라연 전망바위 갈림길이다. 전망바위로 갔다. 깎아내린 절벽 아래 어라연의 절경인 상선암, 중선암, 하선암이 거센 물살을 받으며 우뚝 서 있다. 신선들이 시간가는 줄 모르고 노닐었을 법하다. 상선암 앞쪽 내가 서 있는 전망바위 쪽 강은 얼음으로 꽁꽁 얼고 눈이 쌓여 하얀 설국이다. 거센 물살은 얼지 않고 고요한 강물만 꽁꽁 얼어버렸다.

어라연으로 내려섰다. 넓은 어라연은 꽁꽁 얼고, 상선암 쪽 거센 물길은 얼지 않았다. 햇빛에 비친 강물은 넘실대며 빛을 굴절시켜 은빛으로 반짝거린다. 강가 빙점의 경계에서 얼기 시작한 얼음의 결정이 아름답게 빛에 반사되어 신비롭기까지 히다. 여기서부터 최종 목적지인 거운분교까지는 5km가 남았다. 딱 반이 남은 셈이다. 5km

는 산길로 왔으니 이제 남은 반은 동강길을 따라 걷는다.

거칠게 흐르던 물이 천천히 숨을 고를 때

언 강을 따라 걸어 내려갔다. 1km 내려가니 물살이 세져서 강에 얼음이 얼지 않은 된꼬까리 여울이다. 된꼬까리 여울의 유래는 강의 굽이가 격하게 굽이치며 꼬부라진 여울목을 말한다. 일행은 강으로 더 진행을 못하고 강 옆길로 올라섰다. 길은 너덜지대처럼 바위투성이이다. 지명 탓이라 그런지 걷기가 옹색하다.

아라리 가락따라 동강은 흘러가고

그런 길을 1km 내려오니 비로소 길이 편안해진다. 전산옥全山玉, 1909~1987 주막터가 있던 만지나루다. 거칠게 흐르던 물이 천천히 숨을 고를 때쯤 만나는 곳이다. 정선에서 베어낸 통나무로 만든 뗏목을 타고 이른 봄부터 늦은 가을까지 나무 실은 배를 운반해 오던 떼꾼들이 된꼬까리 거친 물살과 사투를 벌이고 내려와 전산옥 주막터에서 따뜻한 국밥에 술 한상에 쉬어가던 떼꾼들의 쉼터였다.

빼어난 미모와 입심을 가진 주모 전산옥의 구성진 정선아리랑 한 곡조를 듣고는 떼꾼들은 쌓였던 노고를 노래 가락에 묻혀 흘러보내고는 다시 몸을 일으켜 뗏목을 저었을 게다. 뗏목을 저으며 한 가정의 경제를 지탱하느라 지쳐 있던 떼꾼들에게 이곳 전산옥의 정선아리랑은 '삶의 위로' 그 자체였을 게다.

　만지나루를 지나니 강은 넓어지고 물의 흐름이 더디다. 강 옆으로 얼음이 얼어 강을 따라 걷기 시작한다. 한동안 걷다 보니 온통 강이 얼어 하얗게 눈으로 뒤덮였다. 강 위로 이는 거센 바람에 강 위를 살짝 덮었던 눈들은 바람에 떠올라 하얗게 비산한다. 마치 태안 바닷가에서 가는 모래가 바람에 실려 날리던 모습이 연상되었다.

　강따라 거세게 부는 바람도 걷는 자에겐 행복한 힐링의 시간을 만들어준다. 꽁꽁 언 강 위를 걷는 것은 한겨울에 얻는 축복이다. 그렇게 걷다 보니 다시 얼음이 얇아지고 물이 보인다. 멀리 거운교가 보이는 곳에서 다시 길로 올라섰다. 길은 산 위로 가파르게 이어 올랐다. 아침에 지났던 잣봉, 만지 갈림길을 다시 만난다. 첫 출발지인 거운분교 가는 길은 쌓였던 눈이 다 녹아 아침의 모습과 대비되며 전혀 다른 곳처럼 느껴진다. 출발지에 도착한 시간이 오후 네 시가 넘었다. 여섯 시간 전혀 다른 세계에 있다가 온 듯 다시 어라연이 그리워

진다.

만지나루 주막과 떼꾼들이 부른 노래 가사가 귓전에 어른거린다.

눈물로 사귄 정은 오래도록 가지만

금전으로 사귄 정은 잠시 잠깐이라네.

돈 쓰던 사람이 돈 떨어지니

구시월 막바지에 서리 맞은 국화라

놀다 가세요. 자다 가세요.

그믐 초승달이 뜨도록 놀다 가세요

황새여울 된꼬까리에 떼를 띄워 놓았네.

만지산의 전산옥全山玉이야 술상 차려 놓게나.

— 정선아리랑 중 한 소절

비경으로 다시 태어난
태안 바람길을 걷다

– 충남 태안 바람길

운여^{雲峙}는 바위에 부딪치는 파도의 포말이 마치 구름 같다 해서 붙여진 이름이다.
썰물로 빠져나간 자리엔 수없는 시간을 지킨 맨들한 돌들이 아름답다.
서풍은 바다물결을 꼭 갈치 떼 같은 은빛 주름을 만든다.

걷는구간	황포항 →운여해변 →장삼포해변 →바람아래해변 →옷점항 →영목항
걷는거리	16km
소요시간	6시간
길의특징	태안해변을 따라 걷는 아름다운 해변길
난 이 도	중하

태안, 자연과 사람의 아름다운 동행

한때 대기업의 잘못으로 죽음의 바다였던 태안이 살아났다. 검은 기름을 제거하기 위해 수많은 국민들이 다니던 길이 태안의 비경을 바라볼 수 있게 멋진 97km의 해변길이 되었다.

내가 태안을 사랑하고 자주 오는 이유는 자연과 사람의 아름다운 동행이 그리워서다. 그리고 더는 태안이 사람들의 잘못으로 인해 아프지 않길 빌면서, 다시는 태안의 경제가 상처받지 않길 바라면서 바람의 길로 들어선다.

황포항이다.

아무도 반겨주는 이 없이 매서운 바람만 귀때기가 떨어질 만큼 맵차게 맞아준다. 옷 틈을 비집고 들어온 추운 바람은 몸을 잔뜩 웅크리게 한다. 단장한 옷맵시를 한순간에 버리고 가져간 비옷을 겉에 껴입고서야 한기가 조금 멈춘다. 온몸을 둘러싸고 눈만 뾰족이 내밀고, 몸을 감싼 우스꽝스런 모습에 도반道伴은 마치 복면강도 같다고 놀린다. 깃을 올리고 부지런히 걷는다. 추운 날씨 탓에 발걸음이 빠르다.

겨울이 온통 시가 될까봐

은빛 주름이 출렁이는 서해바다의 운치를
온몸으로 느끼는 순간

2.5km를 부지런히 걷다 보니 어느새 운여 해변이다.

운여雲嶼는 바위에 부딪치는 파도가 만들어내는 포말이 마치 구름 같다 해서 붙여진 이름이다. 썰물로 빠져나간 자리엔 수없는 시간을 지킨 맨들한 돌들이 아름답다. 서풍은 바다물결을 꼭 갈치 떼 같은 은빛 주름으로 만든다. 나는 세찬 서풍을 마중한다.

장삼포에 이르렀다.

장삼포의 다른 이름은 대숙밭이라 부르는데 대숙은 고동의 일종으로 대숙을 먹은 껍질이 밭을 이룬다는 뜻이다. 해변이 맑고 깨끗하여 물에 뛰어들고 싶게 한다.

멀리 명장 섬과 장고도, 고대도가 손에 잡힐 듯 아련하다. 해변을 지나 다시 산길로 접어든다.

장곡 해변은 장돌마을과 귀골마을이 합쳐 한 글자씩 더하여 지은 이름이다. 일몰이 아름답기가 꽃지보다 한층 더 운치 있다는 이가 많은데 과연 그러하다. 뒤를 돌아보니 지나온 길이 온통 절승지이고 무릉도원이 따로 없다. 눈에 다 넣으려 사방을 훑었으나 다 담을 수 없다. 다음을 위해 남겨놓고 욕심을 버렸다.

경치에 취해 모든 걸 잊게 만드는 절경

바람아래 해변 바람은 유난히 더 맵다. 먼지보다 가는 모래는 바람

315

겨울이 온통 시가 될까봐

의 등허리를 타고 사방으로 흩어져 넓은 모래둔덕을 만들었다.

　몸을 깊숙이 싸안으며 걷는데 눈앞으로 모래를 실은 바람이 지나
간다. 얼른 셔터를 눌렀으나 벌써 저만치 가버렸다.

　바람아래 해변을 지나니 넓디넓은 백사장이 보인다. 좌측으로 돌
아 고남제방을 따라 옷점항 조개부리마을까지 간다.

　사람은 왕왕 경치에 취해 모든 것을 잃어버리는 경우가 있다. 오늘
이 그런 날인가 보다. 여기서부터는 제방길을 이용하여 옷점항까지

가야 하는데 미처 생각을 못하고 경치에 취해 바닷길로 계속 접어들었다. 해에 비친 넓고 아름다운 백사장과 바다가 아름다워 계속 앞으로만 나아갔다. 정신을 차려보니 이미 상당히 와 있고 먼 발치에 옷점항이 보인다.

여기서부터 갯벌이다. 하지만 갯벌이 딱딱해서 별 걱정을 안 하고 계속 앞으로 나간다. 옷점항이 가까울수록 물길이 사방으로 나 있고 물길을 피해 뛰어넘기도 하면서 앞으로 나아간다. 한참을 나아가다

겨울이 온통 시가 될까봐

보니 점점 갯벌이 질척이기 시작한다. 갯벌을 따라 옷점항 앞에 도달한다. 옷점항 앞은 물줄기가 가로막고 있다.

옆으로 지나쳐 물이 적은 곳으로 간다. 발은 뻘에 발목까지 빠지기 시작한다. 어쨌든 계속 가니 조그마한 물줄기만 건너면 되는 지점에 도달했다.

여기서부터 문제였다.

갯벌은 늪으로 변해 자꾸만 내 발을 잡아당긴다. 거의 무릎까지 빠진다. 뭍으로는 50m쯤 남겨 놓았는데 도대체 앞으로 나아가질 못한다. 이때부터 당황하기 시작한다. 자연의 거대함에 내가 점점 작아지는 것 같고 두려워지기 시작했다. 이러다가 죽을 수도 있겠구나 생각이 들었다. 뻘 속에 발을 계속 놔둘 수가 없어서 얼른 빼고 다시

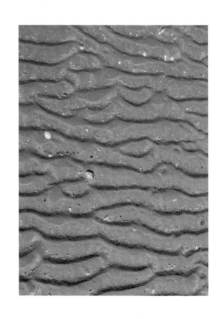

한 발을 전진하고…. 힘은 빠지고 몸은 천근만근이 되어갔다.

한 40분쯤 사투를 벌여 겨우 사지를 빠져나왔다. 옷점항 조개부리 마을이었다. 갯벌을 빠져나오면서 삐끗했는지 발목이 많이 저리다.

태안 해변길, 걷는 자에게 풍성한 선물을 주는 곳

남은 거리는 4km. 거의 절룩거리며 만수동을 지나 영목항을 향해 걸음을 옮겼다. 온몸은 뻘투성이의 만신창이가 되어 있었다.

너무 힘들었지만 매혹적으로 아름다웠던 태안 해변길 7코스 바람

길이었다.

자연은 걷는 자에게 풍성한 선물을 준다. 마음을 안정시켜주며 생각을 확장시킨다. 자연과 인간이 같이 동행을 할 때 얻는 선물이다. 자연의 선물을 받기 위해선 준비가 되어 있어야 한다. 준비가 되어 있지 않으면 어려움도 겪는다는 중요한 교훈을 얻은 길이었다.

단종의
슬픔을 걷다

– 강원 영월 서강西江

걷는구간	문곡마을회관 →농공단지→옥녀봉→선돌 →청령포
걷는거리	13km
소요시간	4시간
길의특징	문곡천을 따라 걷다가 서강을 만나 얼음강 위를 걸어 청령포로 향하는 코스
난 이 도	하

꽁꽁 언 서강 위에서 하늘을 보니 투명한 유리처럼 맑고 성명하다.
우뚝 솟은 선돌이 장엄하고 멋지다.
얼음강 위에서 바라보는 선돌은 강추위가 아니면 느껴보지 못하는 호사다.

비운의 왕릉엔 단종과 엄흥도의 애끓는 사연만이 남아

서강 얼음강 트레킹도 겸할 생각에 강추위임에도 불구하고 나선 길이다. 이른 새벽 뼛속까지 한기가 들어온다. 특히 오늘 새벽 청령 포의 기온이 영하 19도까지 떨어졌다 하니 벌써부터 오싹하다. 옷을 여러 겹 껴입어도 한기를 막을 수가 없다.

영월 터미널에 도착했다. 단종이 모셔진 장릉^{莊陵}을 먼저 걷기로 하였다. 사약을 받고 관풍헌^{觀風軒}에서 17세 한 많은 세상을 하직한 단종 왕릉이 보고 싶어졌다.

장릉^{莊陵}이다.

입구를 들어서니 단종역사관 우측에 장릉으로 향한 계단이 있다. 계단을 올라 300m를 걸어가니 발산^{鉢山} 자락에 장릉이 자리 잡고 있다. 왕릉으로서 너무 초라하다. 세조의 명에 의해 사약을 받고 강에 버려졌던 시신을 호장^{戶長} 엄흥도^{嚴興道}가 삼족이 멸할 수도 있는 위험을 감수하고 이 자리에 몰래 모셨다. 숙종 때인 1698년에 신위가 종묘에 모셔졌고, 묘호가 노산군^{魯山君} 묘에서 왕릉인 장릉^{莊陵}으로 격상됐다.

장릉을 둘러보고 우측으로 내려오니 정자각^{丁字閣}이다. 정자각에서 왕릉을 올려보니 눈이 시리도록 푸른 하늘 아래 더 서러워 보이는 건 비운의 왕 단종 탓이리라. 정자각을 둘러보고 나오다가 충의공^{忠毅公} 엄흥도 정여각^{嚴興道 旌閭閣}을 보며 그래도 단종이 외롭지 않았으리란 생각이 들었다. 장릉을 둘러보고는 문곡천을 걷기 위해 택시를 탔다. 이제부터 문곡천부터 청령포^{清泠浦}까지 15km를 걸어야 한다.

문곡천 뚝방길 따라 꽁꽁 언 겨울의 풍경

문곡마을회관 앞이다.

문곡 하늘샘마을 입구에 송어횟집이 많이 눈에 띈다. 영월지역은 송어가 자라기 최적인 용천수가 솟아난다고 했다. 용천수는 예전엔 농사를 지을 때 농업용수로 사용했으나 지금은 송어 양식을 위해 많이 쓰인다. 1965년부터 미국에서 최초로 송어 종란이 도입되어 송어 양식이 본격적으로 시작된 곳이라 그런지 곳곳이 송어횟집이다.

마을회관을 출발해 문곡천을 따라 걷기 시작했다. 이른 아침 집을 나설 때만 해도 오싹했던 냉기는 많이 풀렸다. 그래도 영하 10도가

넘었다. 문곡천은 갈대나 다양한 수초로 가득하다. 뚝방길에는 내렸던 눈이 녹지 않아 발걸음을 옮길 때마다 뽀각뽀각 소리가 경쾌하다. 문곡천은 물이 웅크려 모여 있는 곳마다 깡깡 얼음이 되었다. 수초 속에 숨어 있던 물새떼는 날개를 펼치며 일제히 일어나 푸드득 거리며 날아간다. 멈췄다가도 내가 따라가면 새들은 다시 날아올라 자리를 옮기며 계속 나그네의 발을 유혹한다.

2.5km를 걸어 석회비료공장과 큰 목재소 같은 대단위 농공단지를 통과하며 계속 길을 이어나갔다.

5km를 걸어 옥녀봉에 도착했다. 옥녀봉에서부터는 단종유배길 3 코스와 같은 길이다. 옥녀봉은 단종이 유배길에 내려오면서 옥녀봉

을 보고 아내 정순왕후가 보고 싶어서 옥녀봉이라 불렀다는 전설이
있지만 확인할 길은 없다. 옥녀봉을 지나면서 서강으로 들어간다. 단
단히 얼어서 절대 깨어질 상황은 아니다. 얼어붙은 서강의 투명한 얼
음 밑으로 자그마한 물고기며 수초가 흔들거린다. 신기한 광경이다.
일부러 발을 들어 쿵 찍자 깜짝 놀란 물고기가 사방으로 흩어진다.

유리처럼 맑고 청명한 얼음강을 밟으며

서강을 따라 2km를 더 내려가니 선돌이다. 선돌은 방절리 강변 위
로 솟은 높이 70m의 거대한 바위이다. 절벽에서 쩍 갈라져 나온 듯

한 형상으로 서 있는 모습이 아슬아슬하다. 우뚝 선 기암은 신비스
럽고 산수화를 보는 듯 멋져서 많은 관광객들을 불러 모은다. 강 위
에서 400m를 오르면 선돌전망대이나 얼음강 위에서 올려다보는 선
돌이 보고 싶어 계속 앞으로 진행했다.

꽁꽁 언 서강 위에서 하늘을 보니 투명한 유리처럼 맑고 청명하다.
우뚝 솟은 선돌이 장엄하고 멋지다. 얼음강 위에서 바라보는 선돌은
이처럼 강추위가 아니면 느껴보지 못하는 호사다. 선돌을 바라보며
소원을 빌면 꼭 한 가지는 들어준다는 전설이 있어 마음속으로 소원
을 빌었다.

선돌을 벗어나자 서강 둑길이 나타난다. 길은 살짝 덮은 눈과 함께

한동안 길게 이어졌다. 4km를 더 가면 청령포다. 벌써 시간이 많이 흘러 서둘러야 한다. 선돌교를 지나며 강변으로 내려갔다. 강물은 세차게 흐르면서 가운데는 물이 얼지 않았다. 얼음 강을 밟으며 계속 걸어 내려간다. 얼음 위를 걷다 보면 이따금 쩍 소리에 후다닥 몸을 날린다. 분명 갈라지지 않을 깡깡 얼은 단단한 것이지만 괜스레 겁을 먹고 몸을 재빨리 강변으로 옮기곤 한다.

천만 리 머나먼 길에 고운 님 여읜 설움만이

걷다 보니 어느새 청령포에 도착했다.

벌써 해가 저물어가고 있다. 청령포를 오가는 배는 몇 사람만 태우고 오간다. 날이 너무 춥고 해질 무렵에서인지 인적이 드물다.

청령포 전망대에 올랐다. 청령포를 휘돌아가는 물길이 마냥 아름답고 멋있어 보이지만은 않았다. 앞으로는 서강이 흘러 건널 수가 없고 뒤로는 첩첩 산으로 막혀 물러설 수도 없었던 단종의 마음이 빙의되어서일까. 육 개월 전 덕산기계곡을 다녀오며 들렀던 때와는 많이 달랐다. 장릉을 둘러보고 단종이 걸었을 유배길을 잠시나마 걸으니 마음이 더욱 애잔하다.

청령포 언덕에는 시비가 하나 세워져 포구를 바라보고 있다. 사약을 가지고 내려왔던 금부도사 왕방연이 단종의 죽음을 바라보고는 비통한 심정을 청령포를 바라보며 읊은 시조이다. 시조 한 수가 나의 마음을 울린다.

천만 리 머나먼 길에 고운 님 여의옵고,
내 마음 둘 데 없어 냇가에 앉아 있다,
저 물도 내 안 같아야 울어 밤길 예놋다.

— 왕방연(王邦衍)

눈꽃 핀 함백산,
천년의 시간을 만나다

– 강원 태백 함백산

걷는구간	만항재 →창옥봉 →선수촌갈림길 →함백산 →중함백 →
	샘터4거리 →적조암갈림길 →적조암입구 →정암사
걷는거리	9km
소요시간	4시간
길의특징	함백산의 주목과 눈꽃을 보며 걷는 눈꽃 트레킹
난 이 도	상

태백산의 주목은 함백산의 주목에 댈 바가 못 된다.
군락을 이루어 다양한 모습으로 길목을 지키며
아름다움을 빛내는 모습은 비교를 불허한다.
천년의 지혜를 간직한 함백산의 주목이 압권이다.
이렇게 하얀 눈을 가득 이고 눈꽃으로 태어난
주목의 자태는 글로는 표현이 불가하다.

하늘이 칠흑같이 어둡다. 고한역에 마지막 기차로 도착해서 여관에 잠시 언 몸을 녹이고 다시 새벽같이 나서는 길이다. 택시를 타고 만항재로 향한다. 오늘의 일정은 만항재를 출발해 함백을 넘어 적조암으로 내려올 예정이다. 온통 하얀 눈 쌓인 산에 첫발을 디디려 새벽 다섯 시에 나선 길이다. 만항재 오르는 길은 벌써 염화칼슘을 뿌리고 눈 치우는 차가 지나간다. 택시는 살금살금 눈 내린 만항재를 올랐다. 만항재는 우리나라에서 차로 갈 수 있는 가장 높은 높이인 1,330m에 위치해 있다.

순백의 세상에서 모든 이의 행복을 빌며

만항재에 도착했다. 아직 캄캄하지만 희미한 박명薄明만으로도 오늘 눈길이 최고가 될 것임을 예고한다.

장비 점검을 하고 날선 새벽의 어둠을 뚫고 여섯 시 만항재를 출발한다. 발목이 넘게 쌓인 눈을 밟을 때마다 느껴지는 부드러운 감촉에 몸은 더욱 가벼워진다. 나무들은 부러질 듯 눈으로 지붕을 이었다. 지나다가 나무를 툭 건드리면 뒤따르던 친구의 몸 위로 눈이 우르르 쏟아진다. 산을 오르지만 도대체 힘든 줄 모르겠다.

벌써 날이 밝아 온 천지가 하얗다. 나뭇가지마다 눈꽃이 피어올라 감상하다 보니 시간이 더디다. 창옥봉을 지나 기원단祈願壇에 도착했다. 바로 앞 함백산은 구름에 가려 제 모습을 보여주지 않다가 언뜻 구름 틈새로 살짝 얼굴을 보여준다.

　여기 함백산 기원단은 옛날 일반 백성들이 하늘에 제를 올리며 소원을 빌었던 곳이다. 나도 싸간 음식을 정성스레 올려놓고 세상 내가 알고 있는 모든 사람들의 행복을 기원하였다. 천지가 온통 순백의 세상이다. 내 마음을 하얗게 물들인 세상은 눈이 시리게 아름답다.

　너덜지대를 지나며 가파르게 함백산을 오른다. 거친 숨소리를 내며 산을 오르고 있다. 두터운 겉옷은 땀이 차올라 도리어 귀찮다.

　가파른 산길을 턱밑까지 오른 숨을 몰아쉬고 올라 고개를 드니 정상이다.

　함백은 온통 희어서 함백咸白이던가. 많은 사람들이 눈 내린 함백산을 겨울 산의 으뜸으로 치는데, 오르고 보니 과연 그러하다.

　선인이 산에 올라 뭇 산이 발 아래 있음을 노래한 것이 바로 이 기분이리라. 쉬이 오를 것 같지 않던 산정을 벌써 발 아래 두었다.

회당릉절정 일람중산소 會當凌絶頂 一覽衆山小
내 반드시 정상에 올라 뭇 산들의 자그마함을 굽어보리라!
― 두보(杜甫) 〈망악(望岳)〉

겨울이 온통 시가 될까봐

바람의 길을 밝혀주는 천년 주목의 자태

바람은 오랫동안 정상에 서 있게 하지를 않는다. 땀 찼던 등골은 어느새 식어 다시 중함백산을 향해 길을 잡는다.

살아 천년 죽어서 천년을 간다는 주목**은 함백산을 넘으면서부터 가득하다. 살아서 웅장한 태를 보였던 주목은 고목이 되어도 단단한 천년의 모습으로 반긴다.

고목이 되어 비틀어지고 속이 텅 비었어도 도도한 천년의 시간을 같이 했을 엄청난 광경에 가슴이 메여온다. 아주 먼 옛적 어느 순간 같은 나무를 똑같은 감정으로 선인은 지켜보면서 무슨 생각을 했을까? 갖가지 모양으로 세월을 버틴 주목에 경의를 표한다.

주목은 중함백산으로 가는 내내 1km가 넘게 온 산에 가득하다.

태백산의 주목이 유명하지만 함백산의 주목에 비하면 덜하다. 나무의 크기도 그렇거니와 군락을 이루어 제각각 다양한 모습으로 길목을 지키며 걷는 이들에게 아름다움을 전하는 모습도 비교를 불허한다. 천년의 지혜를 간직한 함백산의 주목이 압권이다. 특히 이렇게 하얀 눈을 가득 이고 눈꽃으로 태어난 주목의 자태는 글로는 표현이 불가하다.

눈꽃 핀 함백산을 호젓하게 감상하며

중함백산을 님는나. 일쌔 술발해 아무노 없년 나만의 길에는 밀쎄 마주 오는 사람들로 붐비기 시작한다. 적조암 방향에서 오는 사람들이다. 마주칠 때마다 인사를 나누는데 점점 많아지니 일찍 출발해 오롯이 함백산 설화를 먼저 본 것이 다행이다. 이런 모습은 사람이 없어서 호젓할 때 보는 게 좋다.

샘터삼거리다.

계속해 나가면 은대봉을 넘어 두문동재로 가는 길이다. 이미 예전에 두문동재나 싸리재는 다녀왔던 길이므로 삼거리에서 좌측으로 틀어 적조암 방향으로 길을 잡았다.

초반은 완만하게 내려오다 경사가 급해진다. 아이젠을 착용했지만 미끄러운 눈길이라 조심스럽게 길을 내려온다. 발에 힘이 들어가니 더 힘이 든다.

적조암 삼거리를 지나 적조암 입구 차도까지 내려왔다. 아침 오르던 차도다. 눈은 벌써 녹아 언제 그랬냐는 듯 말끔하다.

정암사 적멸보궁엔 부처의 흔적만 바람에 날리고

1.8km 차도를 걸어 정암사로 향한다. 4시가 넘어간다. 조금 있으면 해가 떨어지기에 서두르기로 한다. 구름이 걷히고 맑은 하늘이 살금살금 모습을 나타낸다. 정암사에 도착했다. 일주문을 들어섰다. 다리가 아파 육화정사 한쪽 귀퉁이에 앉아 쉬다가 적멸보궁과 수마노탑을 보기 위해 자리에서 털고 일어났다.

정암사는 적멸보궁의 하나로 부처님의 진신 사리를 모셔놓은 곳이다. 양산 통도사, 오대산 상원사, 설악산 봉정암, 영월의 법흥사, 그리고 이곳 정암사에만 적멸보궁이 있다. 적멸보궁은 불전에 따로

불상을 봉안하지 않고 불단만 있다. 석가모니 부처의 진신이 상주하
고 있기 때문이다.

　정암사 적멸보궁 바로 뒤로 산 중턱에 수마노탑水瑪瑙塔이 서 있다. 수
마노탑은 자장율사가 서역에서 가져온 마노석瑪瑙石으로 탑을 쌓아서
마노탑이다. 물을 건너서 가져왔기에 물 수*를 붙여 수마노탑이라
부른다. 적멸궁엔 좌대만 있을 뿐이다.

　우리나라에 봄, 여름, 가을, 겨울 사계가 있는 것이 축복이다.

　오늘은 해도 뜨지 않은 이른 새벽에 출발해 맘껏 설화를 보고, 상
상의 향을 느끼고, 만지고, 먹어보고, 밟는 오감의 걷기를 했다. 기원
단에 올라 제사도 지내고 온통 희어서 함백인 함백산의 겨울도 제대
로 만끽했다. 함백산은 봄, 여름, 가을에도 왔지만 역시 겨울이 제대

로였다. 올 겨울 주목에 가득한 설화를 보고 싶다면 함백산을 추천하고 싶다.

오랜 벗이 함백산 글을 보고 시 한편을 보내왔다.

겨울, 함백산 주목 - P에게
― 정경수

단단하게 마른 살과 뼈가

미라처럼 불후의 시간을 견딘다

사람은 가도 사랑한 시간은 남는 거라고 믿고 싶은

흐린 겨울날 오후

가파른 비탈마다 추위가 몰려와

갈 길 더욱 아득하고

눈길 위 앞서간 누군가의 발자국들이 흐릿하다

무엇인지 그리워

한세상 사무치게 살다 간 자들의 넋은

다 여기로 와서 몸을 바꿨으니

한 천 년은 죽은 듯이 살고

한 천 년은 산 듯이 스러지지 않는

저 주목들의 군락

마음에 이는 불길 어쩌지 못해

오늘도 북풍의 산길 떠도는 사람아

이곳에 당도하거든 차라리 침묵하라

더 이상 아무것도 아닌 80년대의 나날들에 대하여

금지된 시집처럼 왠지 부당했던

지난날의 실패에 대하여

꽃답게 죽지 못했던 너와 나의 청춘에 대하여

한겨울 천년 전사들이 불침번을 서는 등성이마다

이루지 못한 한때의 꿈은 다시 격렬하게 내연하여

하늘은 끝내 얼지 않는다

온몸에 수의를 두른 채

죽을 수 없는 순교자처럼

주목들이 일제히

비긴 붙이까는 폭을 사디키너 서 있나

순백의 환상길,
얼음강을 걷다

– 강원 철원 한탄강

걷는구간	직탕폭포→태봉대교→송대소→고석정→순담계곡
걷는거리	9.5km
소요시간	4시간
길의특징	꽁꽁 언 한탄강 위를 걷는 지질트레일 코스
난 이 도	하

대교천과 한탄강이 합수하여
더 커진 물살이 크게 굽이지며
협곡을 만들었다.
만물상을 표현하는 바위,
급전직하 깎아지른 숨 막히는 벼랑은
철원 얼음트레킹의 백미.
철원의 9경 중 으뜸인 순담계곡은
철원의 겨울 절경을 만끽하게 한다.

철원은 볼거리가 많은 곳이라 자주 가는 편이다.

첨예하게 남북이 대치되는 곳이라 땅굴과 철마가 달리고 싶은 월정리역, 전쟁의 치열한 흔적이 남아 있는 노동당사, 철조비로자나불좌상이 모셔져 있는 도피안사와 겨울에 특히 아름다운 한탄강을 아우른다.

남북으로 갈리기 전에는 남북 교통의 요지로 제법 큰 도시로, 꼭 이곳을 통과해야만 되는 교통의 중심지이기도 했다. 한국전쟁으로 인해 남북이 갈라지면서 이제는 자취만 남아 옛 영화를 증명한다.

이곳 철원에서 매년 1월이면 한탄강 직탕폭포에서 고석정까지 꽁꽁 언 강을 건너는 얼음강 트레킹 축제를 연다. 겨울이면 다니던 이

곳이 요즘은 지역의 축제로 변해 전국의 많은 도보여행자들을 부른
다.

직소폭포, 꽁꽁 언 겨울로 직선으로 떨어지는 하얀 포말

며칠째 강추위가 지속되더니 어제는 영하 21도가 넘었다. 엄청 추
울 것을 예상하고는 옷을 몇 겹 껴입고 왔더니 오늘은 날씨가 풀려서
오히려 따뜻하게 느껴진다. 오전 9시 30분에 직탕폭포에 도착했다.
벌써 얼음트레킹을 즐기려는 사람들의 모습이 보이기 시작한다.

북한 땅 강원도 평강에서 시작해 내달리던 한탄강은 직탕폭포를 만나 하얀 포말로 급전직하를 한다. 마치 나이아가라폭포의 모습처럼 떨어진다 하여 한국의 나이아가라란 애칭으로 불리기도 하는 직탕폭포는 연일 강추위에 낙하하는 제 모양대로 강을 가로질러 거대한 기둥으로 얼어붙었다. 3년째 되풀이하며 오는 길이지만 항상 새롭다. 오늘은 어떤 모습으로 나를 반길 것인가.

순백의 환상에 젖어 얼음강을 걷다

직탕폭포를 출발해 강을 따라 얼어붙은 가장자리로 600m를 걸어 태봉대교로 향했다. 태봉대교의 이 구간은 바위를 따라 물살이 심해 많이 얼지 않았다. 군데군데 얼음의 숨구멍이 바위 옆으로 있다. 이곳은 얼음이 약하게 얼기 때문에 걸을 때 조심해야 한다.

태봉대교에 이르자 강은 넓어지고 꽁꽁 얼어 본격적인 얼음트레킹의 출발지임을 짐작케 한다.

태봉대교를 출발해 1km 강을 걸어 송대소에 도착했다.

송대소는 기기묘묘한 주상절리가 일품인 현무암지대가 장관인 곳이다. 화산 폭발 후 분출된 뜨거운 용암이 흘러내려 식을 때 수축으로 돌기둥 모양으로 갈라지면서 생긴 것이 주상절리柱狀節理이다. 주상절리 수직적벽은 높이가 30m가 넘었다. 북한 땅 강원도 평강에서 시작하여 내려오며 흐르던 강이 거대한 벽을 만나 급격히 방향을 바꾸어 돌아간다. 물살이 휘돌아 나가는 송대소는 직각으로 바닥이 밑으

로 내려가 그 깊이를 알 수 없게 아주 깊은 곳이다. 전하는 말로는 깊이가 명주실 한 타래를 다 풀어도 그 끝에 닿을 수 없다 하니 깊이를 도대체 가늠할 수가 없다. 송대소가 바로 이런 곳이다.

기묘한 주상절리는 오랜 세월을 지내오며 바위에 색을 입혔다. 기둥모양의 주상절리 바위가 금방이라도 산산이 조각나 쏟아져 내릴 것 같은 환상에 빠져든다. 아름다운 절경의 주상절리 구간을 지나치며 폭발 후 생성되는 모습들을 상상해보면서 송대소를 빠져나갔다.

승일교, 고석정, 역사의 전설로 남은 자연의 비경

물이 많고 넓은 곳은 완전히 얼어 맘껏 거닐다가 바위가 많고 물살이 센 경사진 곳에 들어서면 강 가장자리로 지나갔다. 1.2km를 걸어 화강암의 널따란 마당바위쉼터를 지나갔다. 이곳은 여름 레프팅을 하면서 쉬던 곳인데 느낌이 완전히 다르다. 강 위를 쉬엄쉬엄 이어

나가 2km를 걸어 도착한 곳이 승일교다.

승일교 아래에선 얼마 후 있을 얼음트레킹 행사를 위해 겨울왕국을 조성 중이라 한참 분주하다. 눈 만드는 기계인 스노우토크가 몇 대 있는 것으로 보아 계속 눈을 만들어내고 있는 모양이다. 승일교 남쪽 절벽은 거대한 얼음벽이 만들어졌다. 사람들은 빙벽 위에 몸을 붙여 맘껏 즐기고 있다.

1.4km를 걸어 고석정孤石亭 앞에 도착했다. 강을 가르며 고석바위가 우뚝 서 있다. 강 위에서 바라보니 압도되는 위압감이 든다. 임꺽정이 숨어 지내던 고석바위 큰 구멍에서 나와 다시 세상을 호령하는 듯하다. 잠시 바위를 바라보며 상념에 들었다.

여기서부터는 순담계곡까지 부교로 되어 있어 아이젠을 벗었다.

고석바위를 지나며 이어진 부교 위를 걸어 500m를 걸어가니 도피안사 방향에서 흘러오는 대교천이 한탄강과 합수하여 더 큰 물길을 이뤘다. 넘실대는 물색이 햇빛에 반사되어 눈이 간지럽다.

한겨울 한탄강은 절창으로 치닫고

합수를 지나 1.2km를 더 걸어 종착지인 순담계곡^{蓴潭溪谷}에 도착했다.

대교천과 한탄강이 합수하여 더 커진 물살이 순담에 도착하면서 크게 굽이치며 협곡을 만들었다. 만물상을 표현하는 바위, 급전직하 깎아지른 숨 막히는 벼랑은 철원 얼음트레킹 대미를 장식했다. 철원

의 9경 중 으뜸이며 겨울의 절창인 순담계곡을 마지막으로 여정을 마무리하였다.

아침부터 이어오던 얼음트레킹 시간이 벌써 오후 4시에 이르렀다. 8.5km의 짧은 거리였지만 얼음 위를 걷다가 바위지대를 지나고, 절경에 빠져 발걸음을 멈추다 보니 많은 시간이 흘렀다.

해가 산 너머에 가려 어둑해지려는 시간, 검은 바위에 부딪는 순담계곡의 물소리에 한겨울 한탄강이 익어가고 있었다.

섬에서 맞는
겨울바다의 추억

– 인천 옹진군 영흥도, 선재도

걷는구간	선재대교→목섬→영흥대교→장경리해변→국사봉→
	십리포해변→망개산→영흥대교
걷는거리	15km
소요시간	6시간
길의특징	선재도에서 바닷길이 갈라짐을 보면서 영흥도로
	걷는 길
난이도	중하

갈라지는 바닷길을 기다리며 따라갔다.

홀린 듯 계속 따라가다 보니 어느새 바닷길 500m를 성큼 나아갔다.

바다는 계속 나를 빨아들이듯 길을 열며 유혹한다.

어느새 바다가 나를 가둘 것 같아 번쩍 정신을 차려 아쉬운 발길을 돌렸다.

겨울바다는 귀를 간지럽히는 파도 소리와 매서운 바람 소리가 더 크게 들린다. 센 바람에 지천의 갈대는 깊이 고개를 숙이고 서로 몸을 부딪치며 사그락거릴 뿐 사방이 조용하다.

겹겹이 껴입은 옷 사이로 파고드는 추위는 어깨를 좁히지만, 사람들의 북적댐이 없어 적막하고 조용하다. 이것이 한겨울이면 겨울 바다를 찾는 이유다.

이번엔 인천시 옹진군의 영흥도와 선재도를 트레킹한다. 코스가 멋질 뿐 아니라 경제적 풍요로움도 가득한 곳이다. 영흥도의 특산품은 바지락과 굴과 낙지, 포도 등이다. 이들 특산품이 지역경제에 이바지한다. 영흥도에 들어서면 영흥도 바다에서 나오는 자연산 굴을 먹어보리라.

내 발 앞에서 열리는 바다

호수처럼 넓은 시화방조제를 지나 선재대교를 건너 선재도에 들어섰다. 물때가 마침 썰물이어서 먼저 목섬을 둘러보기로 했다. 목섬은 CNN 선정 한국의 아름다운 섬 33곳 중에 1위로 선정되었을 정도로 아름다운 섬이다. 썰물 때는 목섬까지 물길이 있어 다녀올 수 있는 독특한 곳이다.

선재도에서 목섬까지 바닷길이 열렸다. 약 500m를 걸어 목섬에 들어섰다. 목섬은 아주 작은 섬이다. 선재도에서 보이지 않던 목섬의 뒤편으로 돌아간다. 내 발 앞에서 바다가 앞길이 열리듯이 차츰 갈라지는 장관을 목도한다. 감동이다. 썰물 때라 물이 계속 빠르게 빠

지고 있다. 바다가 양쪽으로 갈라지는 것이 마치 모세가 홍해를 건너는 듯한 모습 그대로다. 바다 저 멀리 빠지는 물이 교차하며 점점 열리고 있다.

갈라지는 바닷길을 기다리며 따라갔다. 홀린 듯 계속 따라가다 보니 어느새 바닷길 500m를 진행했다. 바다는 계속 나를 빨아들이듯 길을 열며 유혹한다. 계속 따르다 보면 어느새 바다는 나를 가둘 것 같은 환상에 번쩍 정신을 차려 계속 갈라지고 있는 바다를 뒤로하고 아쉬운 발길을 돌렸다. 나중 마을 어른께 물으니 목섬에서 길게는 5km까지 물이 갈라진다고 하셨다. 모랫길은 2km이고 이후 3km는 갯벌이라는 설명을 친절히 해주셨다. 목섬 입장료가 1,000원인데 공

휴일만 받는다고 한다. 마을에서 목섬 주변을 청소하는 비용이다.

　목섬을 나와 영흥도 장경리 해변으로 향했다. 오늘 걷는 자의 여행은 장경리 해변을 출발해 통일사와 십리포 해변을 지나 선재도를 둘러보는 15km의 여정이다. 옹진군에서 백령도 다음으로 큰 섬이다. 영흥도의 지명유래를 살펴보면 고려의 슬픈 역사가 있다. 고려가 망하자 고려 왕족 익령군翼靈君 왕기는 개경開京을 몰래 탈출해 나와서 영흥도에 터전을 잡고 살았다. 영흥도靈興島의 이름은 익령군의 가운데 글자 령靈자에서 나왔다. 그래서 영흥도의 길을 '영흥 익령군 길'이라 명명한 모양이다.

국사봉에서 바라보는 바다, 섬, 산의 이채異彩

장경리 해변을 출발해 국사봉 방향 임도로 들어선다. 통일사를 지나 영흥도에서 제일 높은 해발 123m의 국사봉國思峰에 오른다. 국사봉의 전망대에 오르니 사방 바다와 섬들이 눈앞이다. 맑은 날이면 팔미도 등대와 강화도 마니산과 백령도, 멀리 해주의 수양산까지 보인다고 하나 과장인 것 같고 날이 맑아 영종도와 송도신도시도 눈에 잡힐 듯 선명하다.

전망대 옆에는 소사나무 한 그루가 고목으로 국사봉을 지키고 있

다. 척박한 땅이나 염분이 있는 곳에서 자란다 하니 마치 살아남기 위해 전全,田 씨나 옥玉 씨로 바꾼 고려 왕王 씨들의 운명과도 닮았다는 생각을 해본다.

국사봉을 떠나 고개 넘어 길을 이어갔다. 길은 십리포 해변까지 약 3km가 숲길로 이어졌다. 숲길 바닥은 지난 가을 떨어진 낙엽들로 수북해서 푹신한 비단길을 만들었다. 걷는 동안 돌부리나 기타 불편하게 하는 것 없어 걷는 발을 편하게 해주었다. 아침 매섭던 기온은 많이 올라가 등에 땀이 서린다. 그래도 가다가 쉴라치면 땀이 식어 추워진다. 걷다 보면 지금이 겨울이라는 것을 잊게 만든다. 숲길을 지나고 도로를 가로 건너 다시 숲길을 한참 지나다 보니 나무들 사이로 물이 저만치 멀리 빠져나간 돌투성이의 해변이 보인다. 지금까지 이어오던 임도 옆으로 해변으로 가는 길이란 간판이 보인다. 더 진행을 고민하다 해변으로 가는 길을 택해 내려갔다.

물이 들고 날 때마다 색채를 달리 하는 서해바다의 절경

십리포 서쪽 해변이다. 수많은 크고 작은 바위투성이에는 작은 자연산 굴들이 가득히 달라붙어 있다. 성미 급한 이는 벌써 손칼로 굴을 따먹기도 한다. 뭉텅이째 하얀 조개껍질로 가득한 패총이 넓다. 십리포 해변은 길게 데크로 관망로를 만들었다. 데크로 된 관망로에 올라 바다를 바라본다. 밀물로서 물이 차면 또한 멋진 광경을 연출하리라.

해변을 따라 동쪽으로 걷다 보니 130년 된 천연기념물 소사나무

군락이 줄느런히 빼곡하다. 보호수로 지정되어 함부로 손을 댈 수 없게 경고문이 보인다. 염분이 많고 땅이 척박한 십리포엔 최적의 방풍림이겠다. 십리포는 영흥도 선착장에서 십리 떨어진 곳에 위치했다고 해서 십리포 해변이다. 길이가 5km가 넘는 광활한 해변이지만 굵은 자갈과 왕모래가 섞인 해변이 4km이고 고운 모래의 해변은 1km 남짓이다. 여름이면 사람들이 많이 찾는 해수욕장이기도 하다.

해질 녘, 서해바다의 마지막 장관을 뒤로하고

십리포를 지나 달을 맞이하는 망재산으로 올랐다. 산이라기 보다는 바다를 끼고 가는 작은 언덕 정도의 길이다. 임도를 따라 숲이 우거져서 '십리포 숲마루길'이다. 숲마루길은 2.2km를 이어져 내리로 이어진다.

내리를 지나 해변을 따라 계속 걷는다. 오후 세 시가 넘으니 밀물로 물이 들어오기 시작한다. 제 살갗 드러내던 자갈과 왕모래의 바

다에는 어부들이 굴을 실어 나르고 있다. 곧 물이 들어오니 하나둘 뭍으로 나온다. 바다는 스며들 듯 들어오는 밀물에 드러냈던 갯벌을 덮기 시작한다.

선재도를 향해 현수교인 영흥대교를 건넜다. 바다 위에는 수많은 배들이 해지기 전 막바지 조업중이다. 선재교 영흥대교 아래 작은 선착장에는 사람들이 모여 해물을 분류하고 어구를 정리한다.

선재도를 넘어오니 해가 곧 질 모양이다. 오전에 걸었던 목섬 앞까지 걸을 요량이었으나 곧 어둑해진다. 선재도 중간을 걷다가 일몰을 조망하기 위해 길을 멈췄다.

태양은 세상에 찬란한 자취를 남기고 붉은 혀를 토해내듯 길게 바다에 해무리를 두르고는 점점 내려가기 시작한다. 낙일은 더 붉게 사방을 물들여간다.

눈앞 영흥화력발전소의 커다란 굴뚝은 거대한 수증기 구름을 뿜어낸다. 미세먼지의 주역이라는 오명을 썼지만 낙조와 묘한 어우러짐으로 선재도의 마감을 이끌어내고 있다.

겨울이 온통 시가 될까봐

영겁을 흘러내린
'큰 여울'로의 무채색 여행

– 경기 포천 한탄강

수십만 년의 세월을 강물에 다듬어지고 침식돼 이뤄진
주상절리와 협곡은 험하고 부드러웠다.
겨울의 한탄강은 봄, 여름, 가을의 느낌과는 다르게 다가왔다.
푸른 잎을 걷어내고 담담해진 나무들,
겨울 걷기에서만 만끽할 수 있는 무채색의 담담한 아름다움에 경의를 표한다.

걷는구간	부소천→벼룻교→하늘다리→비둘기낭폭포→영로대교→운산전망대→운산리구라이골 캠핑장
걷는거리	10km
소요시간	4시간
길의특징	수십만 년의 시간을 간직한 주상절리와 협곡 트레킹
난 이 도	하

용암 굳은 협곡 따라 무채색의 담담한 아름다움이

사람의 흔적이 없던 수십만 년 전, 이 땅은 용암으로 뒤덮였다. 철원 평강에서 시작한 용암은 온 땅을 덮고 북녘 평강군 장암산 남쪽 계곡에서 발원한 한탄강과 철원에서 만났다. 뜨거운 용암은 강물에 서서히 식었으며 거대한 협곡을 형성하며 남서쪽으로 전진했다. 포천을 지나 연천까지 90km에 걸친 거대한 주상절리대가 만들어졌다.

협곡은 적벽을 따라 큰 여울로 굽이치며 흘러갔다. 한탄강의 옛 지명 대탄大灘은 '큰 여울'이라는 뜻이다.

한탄강 적벽길 중 으뜸인 벼룻길과 구라이길을 걷기로 하고 길을 나섰다. 부소천 멍우리 협곡에 도착한 아침, 강바람에는 냉기가 가득하다. 잔뜩 움츠렸던 몸을 폈다. 온몸으로 자연을 느끼고 싶어 모자를 벗으니 귀가 얼얼하다. 용암이 식으면서 돌기둥 모양으로 갈라져 생긴 것이 주상절리柱狀節理다. 물의 흐름에 따라 침식을 거듭하며 생긴 수직적벽은 서로 30m의 높이로 마주 서 있다.

쓸쓸하고 높고 외로운 겨울강을 지나며

이곳은 한탄강변 적벽 사이로 난 낭떠러지 험로인데 조심하지 않으면 넘어져 무릎에 멍울이 생긴다고 한다. 그래서 생긴 지명이 멍우리다. 다리를 건너 부소천 협곡을 가로질러 갔다. 전에는 이곳을 지날 수가 없었는데 '임진강·한탄강 지질공원' 트레킹 코스를 만들면서 다리를 새로 놓았다.

겨울이 온통 시가 될까봐

길 따라 서 있는 나무는 겨울의 옷으로 갈아입어 앙상한 가지마다 쓸쓸하고 외롭다. 한탄강은 빠르게 서쪽으로 흘러갔고 나도 무심히 그 길을 따라갔다. 2km를 걷다 징검다리가 있어서 건너려 했으나 꽁꽁 언 얼음 위로 물이 넘쳐 길이 막혔다. 멍우리 협곡 캠핑장을 지나 절벽을 끼고 돌았다. 강 건너 주상절리 적벽 중간에 하식 동굴이 군데군데 자리했다. 동행과 저 굴에 들어가서 한잠 자고 갈까 하는 농을 쳤다. 오랜 세월 강물에 씻기고 침식되며 생긴 동굴은 수십만 년 세월의 신비가 묻어났다. 이곳은 우리 지구의 역사를 가늠하는 자연 사박물관이다.

신비로운 푸른빛 물색과 주상절리가 만난 겨울의 환상

대회산교를 지나 지난해에 완공된 하늘다리에 이르렀다. 길이 200m, 높이 50m로 흔들리는 현수교다. 다리에 올라 한탄강을 바라보니 아찔하다. 고소공포증이 있는 사람은 올라가기 겁먹을 높이다. 밑으로 강물이 흐르는 모습을 한참 쳐다보자니 현기증이 난다.

강의 가장자리가 얼어서, 얼지 않은 좁은 폭으로 흐르는 물줄기가 더욱 거세다. 폭이 2m인 다리가 바람에 살짝 움직여도 마음이 서늘하다. 다리를 건넜다가 비둘기낭으로 가기 위해 다시 돌아왔다.

하늘다리를 뒤로하고 비둘기낭으로 발걸음을 옮긴다. 움푹 파인 낭떠러지의 모습이 아름답고 신비한 '비둘기낭폭포'는 영화와 드라

마에 소개되며 명소가 됐다. 산비둘기들의 둥지마냥 둥글게 파인 주머니 모양을 한 낭떠러지에서 이름이 유래됐다고 한다.

계단을 따라 한참을 내려가니 새로운 세계가 열린다. 본래 한탄강변에 있던 폭포가 수십만 년 침식을 하면서 점점 뒤로 물러났고 물러난 자리에 깊은 계곡이 만들어졌다. 끝에 자리한 폭포는 봄, 여름, 가을이면 신비로운 푸른빛의 물색과 낭안의 주상절리가 어우러져 환상적인 경관을 보여준다. 지금은 폭포의 물이 얼어 그 모습을 보지 못하는 게 안타깝다.

언 강의 소묘素描 구라이골 협곡을 향한다. 강따라 달려온 바람이 사정을 봐주지 않고 볼을 붉게 물들인다. 속절없이 흐르는 물을 따라간다. 같은 모양의 길에 지루할 때쯤 영로대교를 앞두고 한탄강으로 내려섰다. 강은 넓어졌고 굽이치는 곳이라 산그림자 응달에 꽁꽁 얼었다.

얼음 위를 조심스레 건너다가 이내 씩씩해진다. 언 강은 뛰어 굴러봐도 꿈쩍도 안 한다. 이따금 '둥~' 하고 얼음 갈라지는 소리가 크게 들렸다. 얼지 않은 곳은 물을 세차게 토해내고 있었다. 여러 형상의 기괴한 바위는 조각을 연상케 했다. 강을 건너 한참을 내려가니 영로대교 밑이다. 예전에 있던 다리는 없어지고 형체만 남았다. 더 나아가지 않고 하늘교 방향으로 걷다가 언 강을 건너 원래 방향으로 길을 이었다. 3km를 돌아가는 길이지만 길이 끝나지 않았으면 하고 바랄 정도로 절경이다. 가끔은 가지 않은 길을 찾아가는 것도 즐거운 일이다.

한탄강, 겨울에만 느껴보는 담백한 무채색 아름다움

구라이골은 오늘 여정의 끝 지점에 있는 협곡이다. 숲이 우거져 협곡이 굴처럼 생겼다 하여 붙여진 이름이 '굴바위'였는데 시간이 흐르면서 굴아위로 불렸다가 지금의 구라이가 됐다. 침식으로 인해 깊이 파인 협곡은 나뭇가지 사이로 보일 뿐 내려가는 길이 없다.

협곡을 내려다보니 아찔해 자꾸 발이 뒤쪽으로 주춤주춤한다. 카메라 셔터를 눌러보지만 제대로 담아내지 못한다. 눈으로만 만족하고 여름엔 내려가 보리라 다짐하면서 마지막 목적지 구라이골 캠핑장으로 향한다. 이제 막 만들어진 캠핑장은 영업을 시작하지 않았는지 말끔하고 깨끗하다. 수십만 년의 세월 동안 강물에 다듬어지고 침식되어서 이뤄진 주상절리와 협곡은 험하고 부드러웠다. 겨울의 한탄강은 봄, 여름, 가을의 느낌과는 다르게 다가왔다. 푸른 잎을 걷어내고 담담해진 나무들, 굽이쳐 흐르는 한탄강과 온전한 데이트를 즐겼다. 겨울 도보행에서만 만끽할 수 있는 무채색의 담담한 아름다움에 경의를 표했다.

가는 길

— 김소월

그립다
말을 할까
하니 그리워

그냥 갈까
그래도

다시 더 한 번

저 산山에도 가마귀, 들에 가마귀
서산西山에는 해 진다고
지저귑다.

앞강江물 뒷강江물
흐르는 물은

어서 따라오라고 따라가자고
흘러도 연달아 흐릅디다려.

협궤열차와
소래길

– 인천 소래길

소금을 싣고 인천과 수원을 오가던 협궤열차는
더 이상 운행하지 않고 시민들의 추억 속으로 사라졌다.
그런 소래가 다시 습지로 살아나고 있다.
생명의 생태환경으로 살아나고 있는 소래길을 걸어간다.

걷는구간	인천대공원→습지원→장수천→남동교→ 만수물재생센터→소래습지생태공원→ 전시관→소래포구→소래역사관
걷는거리	13km
소요시간	4시간
길의특징	소래습지를 따라 소래포구 가는 길
난 이 도	하

염부鹽夫는 연신 가래질로 소금을 밀어 올렸다. 제 때 소금 물량을 맞춰야 하니 땀을 식힐 새도 없이 등골이 휘도록 가래를 밀어야 했다. 이렇게 생산한 소금은 소래를 전국 제일의 소금 생산지로 만들었다. 이제 소금을 싣고 인천과 수원을 오가던 협궤열차는 서민들과 연인들의 추억도 함께 가지고 더 이상 운행을 하지 않고 역사 속으로 사라져 갔다.

이제 다시 소래가 습지로 살아나고 있다. 생명의 생태환경으로 살아나고 있는 소래길을 걸어보기로 했다.

소금창고에서 바라본 생명의 습지

인천대공원을 지나 장수천에 들어섰다. 장수천은 대공원 내에 있는 거마산에서 발원해 남서쪽으로 흘러 바다와 소래포구에서 만난다. 예전엔 장수천과 만수천이 합류하는 수산동까지 바닷물이 들어왔다고 하나 지금은 갯가의 흔적이 없다. 개발로 인해 소래포구 앞 수인선 외곽까지 바다가 밀려간 탓이리라. 남동체육관을 지나자 점점 풍경은 갯가의 모습을 띠기 시작한다.

만수물재생센터를 지나 소래습지에 들어서자 350만㎡의 광활한 세상이 눈앞에 펼쳐진다. 바다와 육지가 만나는 곳에 펼쳐진 소래습지는 보는 것만으로도 마음의 짐을 내려놓게 한다.

소래 갯벌은 팔천 년을 이어오다 개발로 인해 수로가 좁아져 바닷물이 잘 들어오지 못하면서 갯벌의 생태계가 사라져 갔다. 갯지렁이가 살 수 없으니 갯벌로서의 생명을 다하고 습지로 탈바꿈하게 되었

다.

갈대숲을 따라 걷기 시작한다. 내 키를 넘는 무성한 갈대숲을 따라 걷다 보니 다른 세상에 온 것 같다. 이따금 만나는 걷는 이들의 발걸음이 경쾌하다. 갈대숲 사이로 녹슨 지붕이 군데군데 보인다. 살펴보니 소금창고다. 예전 전국 생산량의 50%를 차지했다는 왕성했던 염전의 모습은 갈대밭에 숨겨져 앙상하게 녹슨 뼈대만 남은 소금창고로 살펴볼 뿐이다. 시간은 이렇게 옛 모습을 사라지게 한다. 생로병사生老病死의 인간 모습과 닮아 있어 한참을 자리에 머물러 본다.

걷는 자의 기쁨

한적한 습지에는 청둥오리 몇 마리 한가로이 떠다니고

소래습지는 담수습지와 기수습지, 염수습지의 모습을 모두 볼 수 있다. 길은 잘 되어 있어 어렵지 않게 둘러볼 수 있다.

처음 만나는 습지는 담수습지다. 원래는 갯벌이었는데 바다에서 멀리 떨어져 있어 염분이 빠지고 민물이 고여 있다. 지나다 탐조대 가 있어 살펴봤으나 새들은 보이지 않는다. 아직 철이 안 된 모양이 다. 탐조는 다음으로 미뤄야 한다. 안타까운 맘으로 담수습지를 돌 아 기수습지 지역으로 들어섰다.

기수습지는 바닷물과 민물이 만나는 곳이다. 왜가리 한 마리가 외 로이 물 위에 서 있다. 미동도 하지 않는다. 멀리 청둥오리 몇 마리가 한가롭게 유영을 하지만 내 눈은 왜가리에 고정되어 한참을 바라봤 다. 움직임을 기대하며 바라보았지만 도대체 꿈쩍도 않는다. 독특한 녀석이다. 포기하고 길을 재촉한다. 갈대는 저마다 키를 자랑하듯 하늘로 목을 내놓고 있다. 염수습지로 향한다. 성질이 다른 습지들끼리 서로 붙어 있다.

염수습지는 바닷물이 드나들지 않은 폐염전지역으로, 소래포구에 가장 가까이 있다. 이곳에서는 갈대보다는 칠면초, 갯개미취 등이 분포하여 소래습지의 다양한 모습을 보여준다.

소래포구, 협궤열차, 겨울의 동화로 남은 오래된 기억

염수습지를 지나니 염전이다. 바둑판 모양의 염전과 바닷물을 퍼올리는 수차가 구비되어 있어 직접 가래질을 해볼 수 있다.

지금은 바닷물을 끌어들여 만드는 것이 아니고 지하 300m의 지하에서 물을 끌어들여 방문객들에게 무료로 나눠주는 정도로 이곳이 예전 염전지대였음을 알려주고 있다. 염전 바로 뒤가 소래습지생태공원전시관으로 소래포구에서 길을 시작하면 이곳에서부터 소래습지를 둘러보는 출발점이다.

길의 종착지 소래포구로 향했다. 이곳에서 약 1.5km 가면 목적지이니 엎어지면 코 닿을 정도로 지척이다.

원래 소래포구는 시흥 쪽으로 건너가는 나룻배가 닿고 떠나는 작은 나루터였다. 일제강점기인 1921년부터 생산을 시작한 소래염전은 10년이 지난 1932년에는 전국 생산량의 50%를 차지하게 되었다. 일제는 소금을 수탈해 가기 위해 수원과 인천 사이에 협궤철도狹軌鐵道, 수인선를 부설하였고 소래역을 1937년에 개장하면서 기차가 다니기 시작하였다. 이후 60여 년을 운행하여 오다가 1995년을 끝으로 역사의 뒤안길로 사라지게 되었다.

소래역이 있던 소래역사관에 이르는 동안 주말 나들이 관광객들로 인산인해다. 수많은 사람들이 저마다 북적대니 이전 염전이던 때의 영화를 다시 구현하는 것 같다. 소래역사관에서 월곶으로 건너는 철교로 갔다. 수원과 인천을 오가며 운행하던 수인선 협궤열차는 사라졌지만 소래포구의 철길은 옛 모습을 그대로 간직하고 있으며 바닷길을 건너는 다리로 이용되고 있다. 철교 바로 옆의 어시장은 생

생한 삶의 현장이었다. 어서 와보시라는 친절한 상인의 언변에 끌려
가는 사람들을 보면서 연신 카메라의 셔터를 누르며 힐링의 하루를
마무리했다.

늙은 갈대의 독백

— 백석

해가 진다
갈새는 얼마 아니하야 잠이 든다
물닭도 쉬이 어느 낯설은 논드렁에서 돌아온다
바람이 마을을 오면 그때 우리는 섧게 늙음의 이야기를 편다

보름달이면

갈거이와 함께 이 언덕에서 달보기를 한다
강물과 같이 세월의 노래를 부른다
새우들이 마른 잎새에 올라 앉는 이때가 나는 좋다

어느 처녀가 내 잎을 따 갈부던 결었노
어느 동자가 내 잎닢 따 갈나발을 불었노
어느 기러기 내 순한 대를 입에다 물고 갔노
아, 어느 태공망이 내 젊음을 낚아 갔노

이 몸의 매딥매딥
잃어진 사랑의 허물 자국
별 많은 어느 밤 강을 날여간 강다릿배의 갈대 피리
비오는 어느 아침 나룻배 나린 길손의 갈대 지팽이
모두 내 사랑이었다

해오라비조는 곁에서
물뱀의 새끼를 업고 나는 꿈을 꾸었다
벼름질로 돌아오는 낮이 나를 다리려 왔다
달구지 타고 산골로 삿자리의 벼슬을 갔다

겨울이 온통 시가 될까봐

걷는 자의 기쁨

지은이 | 박성기

펴낸곳 | 마인드큐브
펴낸이 | 이상용
편집부 | 맹한승, 김인수, 현윤식
디자인 | 서경아, 남선미, 서보성
기   획 | 피뢰침

출판등록 | 제2018-000063호
이메일 | mind@mindcube.kr
전화 | 편집 070-4086-2665
        마케팅 031-945-8046 팩스 031-945-8047

초판 1쇄 발행 | 2020년 5월 12일
ISBN | 979-11-88434-29-9 03800